JAN BEINSSEN
Familienpakt

UNRUHESTAND Mit einem enttäuschend einfachen Fall verabschiedet sich Hauptkommissar Konrad Keller in den vorzeitigen Ruhestand: Im Nürnberger Südklinikum wurde eine Krankenschwester erstochen, der Täter kurz darauf gefasst – das blutverschmierte Küchenmesser trug er noch bei sich. Der geständige Mörder gibt Rache als Motiv an, da die Krankenschwester bei einer verpatzten Blindarmoperation seiner einzigen Tochter assistiert hatte. Als es kurz darauf zu einem weiteren Mord im Klinikum kommt, obwohl der Täter bereits hinter Schloss und Riegel sitzt, steht Keller vor einem Rätsel. Obwohl er inzwischen pensioniert ist, nimmt er die Ermittlungen wieder auf – statt seines Kripoteams muss ihm dabei nun seine Familie assistieren.

Jan Beinßen, Jahrgang 1965, kam 1993 aus Hameln nach Nürnberg und ist dort als Journalist und Autor tätig. Seit 1997 veröffentlichte er zahlreiche Kriminalromane und Anthologien. Nach der Trilogie um das ungleiche Ermittler-Duo Sina Rubov und Gabriele Doberstein startet er nun mit ›Familienpakt‹ eine neue Krimiserie.

Bisherige Veröffentlichungen im Gmeiner-Verlag:
Todesfrauen (2011)
Goldfrauen (2010)
Feuerfrauen (2010)

JAN BEINSSEN
Familienpakt
Kriminalroman

Original

GMEINER

Die automatisierte Analyse des Werkes, um daraus
Informationen insbesondere über Muster, Trends und
Korrelationen gemäß § 44b UrhG (»Text und Data Mining«)
zu gewinnen, ist untersagt.

Bei Fragen zur Produktsicherheit gemäß der Verordnung
über die allgemeine Produktsicherheit (GPSR) wenden Sie
sich bitte an den Verlag.

Besuchen Sie uns im Internet:
www.gmeiner-verlag.de

© 2012 – Gmeiner-Verlag GmbH
Im Ehnried 5, 88605 Meßkirch
Telefon 0 75 75/20 95-0
info@gmeiner-verlag.de
Alle Rechte vorbehalten

Lektorat: Claudia Senghaas, Kirchardt
Herstellung: Julia Franze
Umschlaggestaltung: U.O.R.G. Lutz Eberle, Stuttgart
unter Verwendung eines Fotos von: © mario beauregard – Fotolia.com
Druck: Libri Plureos GmbH, Friedensallee 273, 22763 Hamburg
Printed in Germany
ISBN 978-3-8392-1303-2

*Personen und Handlung sind frei erfunden.
Ähnlichkeiten mit lebenden oder toten Personen
sind rein zufällig und nicht beabsichtigt.*

1

Der starke Frost der vergangenen Tage war vorübergehend einem schmuddeligen Tauwetter mit feinem Nieselregen gewichen und verwandelte die noch immer tiefgefrorenen Straßen in spiegelglatte Rutschbahnen. Ebenso wie alle anderen Verkehrsteilnehmer kamen die Streifenwagen im dichten Feierabendverkehr kaum voran. Genauso schwer tat sich Konrad Keller, der auf das Dach seines anthrazitgrauen Dienst-Audis ein Blaulicht gepflanzt hatte und das Martinshorn ohne Unterlass heulen ließ.

»Verdammt! Verflucht! So ein Mist!« Keller schimpfte vor sich hin und trommelte mit den Händen auf das Lenkrad. Selten in seiner langjährigen Karriere hatte es dem Polizeioberrat so sehr unter den Nägeln gebrannt, einen Tatort so schnell wie möglich zu erreichen. Denn selten hielt sich der Täter noch am Ort des Geschehens auf – und noch seltener handelte es sich bei einem Täter um einen Amokläufer! Keller wusste: Wenn er oder seine Kollegen nicht binnen kürzester Frist im Südklinikum ankommen würden, gäbe es ein Blutbad!

Kurz entschlossen setzte sich Keller über alle Verkehrsregeln hinweg, schlug das Steuer ein und ließ seinen Wagen über die Bordsteinkante rumpeln. Auf dem Gehsteig fuhr er weiter, hupte und wedelte mit dem linken Arm, um die Fußgänger aus seiner Fahrtrichtung zu vertreiben.

Über Funk meldete sich krächzend die Leitstelle mit

der Hiobsbotschaft, dass sich das Eintreffen des Sondereinsatzkommandos ebenfalls verzögern werde. Denn der Hubschrauber des SEK habe wetterbedingt noch nicht abheben können.

»Verflixt!«, fluchte Keller lautstark weiter und musste unvermittelt bremsen, als eine Mutter mit Kinderwagen vor ihm auftauchte. Die Bremswirkung auf dem noch immer eisglatten Gehweg fiel gleich null aus, Keller riss das Steuer herum, rumste in einen Schneehaufen. Schimpfend wie ein Rohrspatz legte er den Rückwärtsgang ein, doch die Räder drehten durch. Er steckte fest. Auch das noch!

Ruckzuck sah er sich von Schaulustigen umzingelt. Zwei Männer und eine Frau lösten sich aus der Menge der Gaffer, stemmten ihre behandschuhten Fäuste auf die Motorhaube und schoben den Audi aus der Schneefalle. Keller bedankte sich für die spontane Hilfe und gab abermals Gas.

An der nächsten Kreuzung konnte er den Gehweg verlassen und sich wieder in den Straßenverkehr einfädeln. Die Ausfallstraße war breit genug, damit die anderen Fahrer eine Schneise für ihn bilden konnten.

Nahezu gleichzeitig mit zwei Streifenwagen kam er beim Südklinikum an. Der weitläufige Komplex aus Glas, Stahl und Beton hob sich hell erleuchtet aus der einsetzenden Dämmerung ab. An der Seite der Schutzpolizisten lief Keller mit gezogener Waffe den endlos langen, überdachten Fußweg zum Haupteingang des Klinikums entlang. Dort hatten sich bereits etliche Ärzte, Schwestern und Pfleger versammelt, wild durcheinander redend und gestikulierend. Zwischen ihnen standen Patienten in Nachthemden, die sich teilweise an rollbaren Infusionsständern festhielten.

»Die Kinder-OP!«, brüllte Keller in die panische Gruppe. »Wo geht's lang?«

Kellers Rufe sorgten kurzzeitig für Ruhe. Dann riefen wieder alle durcheinander. Nur mit Mühe konnte er die für ihn wichtigen Hinweise heraushören: »Zweites OG im Gebäudeteil A!«, »Das ist der mittlere Block!«, »Im OP-Trakt!«, »Saal 10 oder 11!«

Gemeinsam mit zwei der Uniformierten setzte sich Keller in Bewegung, die anderen Beamten ließ er zum Schutz und zur Beruhigung der Belegschaft und der Patienten am Eingang zurück.

Geisterhaft leer lagen die langen Gänge und Flure vor ihnen. Sie mussten sich mehrmals an Fluchtplänen orientieren, bis sie den richtigen Gebäudeteil gefunden hatten. Sie stießen die letzte Tür auf, die sie vom Bereich der Operationssäle noch trennte. Dann rutschte Keller aus.

Rückwärts fallend konnte er sich gerade noch mit den Händen abfangen. Dennoch spürte er beim Aufprallen auf dem Boden einen heftigen Schmerz im Steißbein. Auf den Schmerz folgte der Schreck: Denn im Fallen war ihm seine Dienstwaffe entglitten und lag nur einige Meter vor ihm mitten im Flur.

Die Ursache für Kellers Sturz war tiefrot und schmierig. Der Verursacher des Blutsees auf dem Linoleumboden stand nur wenige Schritte von ihm entfernt: ein Mann im Alter von etwa 40 Jahren, eine unscheinbare

Erscheinung, mager, mit lichtem Haar. Er trug einen sandfarbenen Anzug unter einem zur Hälfte aufgeknöpften, dunklen Wintermantel. In der Hand hielt er ein Fleischmesser mit circa 20 Zentimeter langer Klinge. Blutverschmiert. Zu seinen Füßen lag bäuchlings eine Krankenschwester, die sich nicht mehr rührte. Und direkt daneben, zum Greifen nahe, befand sich Kellers Dienstwaffe.

»Messer fallen lassen!«, schrie einer der beiden Polizisten, die Keller flankierten. Er selbst rappelte sich eilends wieder auf.

Der Amokläufer reagierte nicht.

»Lassen Sie sofort die Waffe fallen, oder ich schieße!«, wiederholte der Polizist seine Aufforderung laut und aggressiv. Auch sein Kollege entsicherte jetzt seine Pistole.

Der Mann mit dem Messer blieb wie angewurzelt stehen und sah sie mit starrem Blick an.

»Letzte Aufforderung: Waffe fallen lassen!« Der Beamte zu Kellers Linken hob seine Pistole nach oben und gab einen Warnschuss in die Decke ab. Dieser zerfetzte eine Neonröhre, die mit einem scharfen Knall platzte. Es regnete Splitter.

Erschreckt ging der Amokläufer in die Knie. Nun brauchte er nur noch nach der am Boden liegenden Pistole greifen, durchfuhr es Keller.

Er durfte jetzt keine Zeit verlieren. Jede Sekunde zählte! Mit einem Satz sprang er nach vorn, warf sich auf die Dienstwaffe und versetzte dem Messermann einen kräftigen Faustschlag aufs Knie. Der Mann stieß einen gequälten Laut aus, fiel zurück und ließ das Messer fallen.

Im nächsten Moment stürzten sich die beiden Polizisten auf ihn. Mit Gewalt kreuzten sie die Hände des Amokläufers hinter seinem Rücken und legten ihm Handschellen an.

»Puh, das war knapp!«, keuchte Keller und schnaufte dreimal tief durch. Er verstaute zunächst seine Waffe, bevor er den Festgenommenen mit scharfer Stimme fragte: »Wie viele Opfer gibt es? Wo sind sie?« Der Mann antwortete nicht, sondern starrte nur weiter stumm geradeaus.

Bevor Keller seine Fragen wiederholen konnte, hallten die schweren Schritte mehrerer Dutzend Stiefel durch den Gang: Das SEK marschierte an und postierte sich an allen Türen und Ecken. Warnrufe brüllend, stürmten die waldgrün gekleideten Beamten in die Operationssäle und sicherten sie ab. Aus einem der Säle rannte schreiend eine weitere Krankenschwester, dicht gefolgt von einem Mann in lindgrünem Kittel und transparenter Haube über dem Haar. Unter seinem Kinn baumelte ein abgestreifter Mundschutz. Im Gegensatz zu der panisch flüchtenden Schwester blieb der Arzt stehen. Keller registrierte sein schmal geschnittenes Gesicht und seine dunklen Augen, die sich kurz orientierten und dann auf dem am Boden liegenden Opfer haften blieben.

Der Arzt bückte sich nach der reglosen Gestalt, ertastete den Puls der Krankenschwester. Behutsam drehte er sie auf die Seite. Er zog eine Stiftlampe aus seiner Hemdtasche und öffnete mit dem Zeigefinger ein Auge der Frau. Er leuchtete hinein. Dann richtete er sich auf und rief an die Polizisten gerichtet: »Räumen Sie Saal 10 und lassen Sie mein Team kommen! Wir müssen sofort operieren!«

Keller, der keinesfalls verfrüht die Kontrolle abgeben wollte, wartete ab, bis der Messerstecher von einer ausreichenden Zahl von Beamten umgeben war und abgeführt wurde. Erst dann richtete er seine Aufmerksamkeit auf den Arzt und fragte: »Ihr Name, Ihre Funktion?«

Der Doktor, der sich durch den Trubel um sich herum nicht stören ließ und sich wieder der am Boden Liegenden zuwandte, sagte gereizt: »Dr. Bartels, Steffen Bartels, Chirurg.« Er blickte auf und sah Keller eindringlich an. »Wenn Sie mich nicht augenblicklich meinen Job machen lassen, wird meine Mitarbeiterin vor ihren Füßen verbluten! Das haben dann Sie zu verantworten, Herr …?«

»Keller. Polizeioberrat Konrad Keller.« Er räusperte sich. »Also gut. Tun Sie, was Ihre Pflicht ist. Ich werde veranlassen, dass man Ihr Team passieren lässt.«

2

Als er den rondellartigen Einkaufskomplex betrat, hatte er kaum mehr Hoffnung, ein einigermaßen originelles Motiv für seinen Beitrag zu finden. Der CityPoint an der Breiten Gasse war sozusagen seine letzte Chance, die von ihm selbst vorgeschlagene Fotostory zu einem würdigen Abschluss zu bringen. Denn auf der Suche nach weihnachtlichen Eindrücken und Bildern jenseits aller Mainstream-Erwartungen und der üblichen Klischees blieb er auch nach zwei Stunden angestrengter Suche erfolglos. Weder der Christkindlesmarkt hatte brauchbare Bildvorlagen oder Kurzstorys abgegeben, noch die anderen stark frequentierten Anlaufpunkte der Fußgängerzone.

Nur mit Mühe gelang es Jochen Keller, seinen Fotografen zu einem letzten Versuch, dem Abstecher in die Einkaufsmeile, zu überreden. Aber nun standen sie mitten im CityPoint, und Jochen erspähte endlich ein ihm würdig erscheinendes Motiv: Da stand, im Zugangsbereich einer Boutique, eine junge Frau, mittelgroß, schlank, strohblondes Haar. Der Grund, warum Jochen genau wie Dieter, der Fotograf, Stilaugen machte, war nicht die Frau an sich, denn sie war zwar hübsch, aber ein Allerweltstyp, ja sogar ein wenig unscheinbar. Den besonderen Pfiff bot ihr Outfit: Sie stand in einem halb offenen Weihnachtsmannmantel vor dem Wäschegeschäft, darunter trug sie nichts als sündhaft rote Dessous.

Auf Stöckelschuhen balancierend, versuchte sie, Passanten mit Werbeflyern zu beglücken, doch sie kam kaum zum Zug, denn die meisten Ehefrauen lenkten ihre Gatten im großen Bogen um die Boutique herum, einzelne Herrschaften trauten sich nicht in die Nähe der verführerischen Werbefee, und der Großteil der

Frauen, der allein unterwegs war, beachtete die spärlich bekleidete Weihnachtsfrau nicht.

Anders als Jochen Keller: Der Lokalreporter stieß seinen Fotografen mit dem Ellenbogen an. Beide tauschten einen bestätigenden Blick miteinander und gingen auf die junge Frau zu.

Keller, knapp 1,90 Meter groß und mit dem breiten Kreuz eines Schwimmers, setzte ein gewinnendes Lächeln auf. Sein markantes Gesicht mit maskulinen Zügen und kleiner Kerbe im Kinn vollzog dadurch binnen Sekundenbruchteilen den Wandel von einem berechnend lauernden Ausdruck in eine offene und schmeichelnde Mimik.

»Hallo«, sprach er die Frau an, die er aus der Nähe betrachtet auf Anfang 20 schätzte. »Wir kommen von der Zeitung und arbeiten an einem Bericht über originelle Einfälle zur Adventszeit.«

»Ja?« Die Frau stakste etwas unsicher von einem High Heel auf den anderen.

Jochen spreizte die Finger seiner linken Hand und fuhr mit ihnen wie mit einem Kamm durch sein gewelltes, blondes Haar. Eine Tolle fiel keck zurück in seine Stirn. »Wir wollen weder Bratwurstbuden ablichten, noch rotbäckige Dreijährige, die das Christkind bestaunen. Wir suchen das gewisse Etwas, verstehen Sie?«

Die Frau tat verhalten, bemerkte den begehrlichen Ausdruck von Dieter und zog den samtroten Mantel über ihrem Dekolleté zusammen. »Ich weiß nicht, ob das der Chefin recht ist, wenn Sie mich fotografieren«, sagte sie mit einer Stimme, die für Jochens Geschmack fast zu rau und abgeklärt klang für eine Frau mit einem so zierlich geschnittenen Gesicht inklusive Stupsnase.

Jochen reichte ihr seine Visitenkarte, die ihn als Redakteur auswies, und schlug ihr vor, die Chefin doch einfach schnell um Erlaubnis zu bitten. »Ist ja schließlich eine kostenlose Werbung für den Laden«, gab er der Kleinen mit auf den Weg.

Kaum hatte sie ihnen den Rücken gekehrt, konnte Dieter eine Bemerkung nicht länger zurückhalten: »Heißer Feger, was?«, meinte der rundliche Fotograf, der sich durch fettiges Haar und Brille mit Gläsern dick wie der Boden einer Colaflasche auszeichnete. »Genau dein Kaliber, was?«

Jochen verzog den Mund. Ihm war natürlich klar, worauf sein Begleiter anspielte. Und, zugegeben, sein redaktionsinterner Ruf als Playboy war ihm nicht ganz ohne Grund zugeflogen. Aber erstens erschien ihm der Altersunterschied zu diesem Mädel doch etwas groß zu sein und zweitens vermochte er sehr wohl zwischen Job und Privatem zu unterscheiden. Es kam ihm auf eine solide Arbeit an und nicht auf einen flüchtigen Flirt. Gerade jetzt, da er am Ausbau seiner Karriere arbeitete.

Die Weihnachtsfrau kam mit einem gelösten Lächeln zurück aus dem Verkaufsraum. »Die Chefin hat grünes Licht gegeben«, sagte sie und stellte sich vors Schaufenster. Ohne, dass Dieter ihr nähere Anweisungen erteilen musste, schlug sie den Mantel wieder auf, stemmte einen Arm in die Taille und neigte den Kopf mit einem Augenaufschlag, der Männerherzen schmelzen lassen könnte. Die Art, wie sie sich in Pose warf, machte auf Jochen einen sehr geübten Eindruck. Ihm schien sogar, dass sie sich den Lippenstift nachgezogen hatte. Sein erster rührender Eindruck, dass die junge Frau verlegen oder sogar verschämt die Ware eines Dessousshops zur Schau stellen musste, wich dem eines durchaus selbstbewussten Twens, der die Reize der Weiblichkeit geschickt einzusetzen verstand.

»Ich heiße übrigens Denise«, sagte sie an Jochen gewandt, nachdem Dieter seine Kamera verstaut hatte. Zu Jochens Verwunderung steckte sie ihm ein Kärtchen zu. »Im Gegenzug für Ihre Visitenkarte. Da ist meine Handynummer drauf. Nur, falls Sie mal ein Modell für Ihre Zeitung brauchen.«

Wenn sie sich als Modell anpreisen wollte, hätte sie die Karte dem Fotografen zukommen lassen müssen und nicht ihm, dem Schreiberling, dachte Jochen. Dennoch nahm er sie gern an und sagte mit viel Schmelz in der Stimme: »Danke schön. Ich komme drauf zurück.«

3

»Du meine Güte, deine ganzen Sachen sind beschmiert! Ist das etwa Blut? Bist du verletzt?«

Keller winkte ab und schob sich an Doris vorbei in die Wohnung. Er fühlte sich viel zu erschöpft, um lange

Erklärungen abzuliefern. »Ich zieh mich schnell um und mache mich frisch«, nuschelte er und verschwand im Bad.

Kurz darauf erschien er in der Küche. Seine Frau nickte ihm mit unbewegter Miene zu. Gab ihm ein Küsschen auf den Mund, kein Wort der Klage. Sie war es gewohnt, dass ihr Mann sich verspätete. Die Mikrowelle zählte zu den wichtigsten Haushaltsgeräten. Wie mechanisch schob sie die Reste eines mediterranen Hackbratens mit Kartoffelbrei hinein und stellte vier Minuten bei voller Wattleistung ein.

Seit Anfang der 1990er-Jahre wohnten die Kellers hier an der Martin-Richter-Straße, etwas zurückversetzt mit Blick auf einen begrünten Hinterhof mit minimalistisch ausgestattetem Kinderspielplatz, der von weiteren, fünf- bis sechsgeschossigen Wohnhäusern umgeben war. Durch eine Lücke zwischen den Wohnblöcken und vorbei an zwei alten Linden konnten die Kellers sogar ein Stück vom Stresemannplatz und die Neonreklame der Kinokneipe Metropolis erspähen. Sie hatten viele glückliche Jahre in dieser innenstadtnahen Wohnlage mit nahem U-Bahnhof, guten Einkaufsmöglichkeiten und netten Restaurants in der Nähe verbracht. Ob sie auch die Rentenjahre in der Wohnung bleiben würden, war bisher offen geblieben. Doris konnte sich gut vorstellen, den Wohnsitz noch einmal zu verlegen, aber ihr Konrad war ja ein Gewohnheitstier, und so mied sie es, dieses heikle Thema anzusprechen, und lebte ihr Fernweh um des lieben Friedens willens lieber in Urlaubsreisen aus.

»Mmmh. Gut«, brummte Konrad zufrieden und schaufelte eine weitere Gabel des Hackbratens in seinen Mund.

»Du solltest ihn mal probieren, wenn er frisch zubereitet ist. Das Aufwärmen in der Mikrowelle macht ihn trocken.«

»Kann ich nicht behaupten. Mir schmeckt's jedenfalls.«

Doris ließ ihren Mann in Ruhe aufessen, bevor sie sich erkundigte: »War wohl wieder heftig bei euch heute, was?«

»Es ging ziemlich zur Sache, ja. Üble Geschichte. Hätte böse enden können.«

»Willst du darüber reden?«

»Später. Vielleicht.« Er wischte sich den Mund mit einer Serviette ab. »Und bei dir?«

»Bei mir? Hach, du bist lustig! Das Übliche halt.«

»Haben sich die Kinder mal gemeldet?«

»Nein. Du weißt doch, dass sie sich meistens nur am Wochenende rühren.«

»Ich meine per E-Mail. Von Jochen und Sophie kommt doch fast jeden Tag eine Meldung. Heute herrschte Funkstille?«

»Nein, Jochen hat kurz gemailt. Da gibt es wohl eine neue Frau, für die er sich interessiert. Klang recht begeistert.«

»Eine neue Frau? Mal wieder ... Und Sophie? Ist sie noch glücklich in ihrem München?« Dezent ließ er ein Fleischbällchen, das er mit Daumen und Zeigefinger gerollt und an den Tellerrand gelegt hatte, unter den

Tisch fallen. Nahezu zeitgleich schoss ein karamellfarbenes Wesen zwischen den Tischbeinen hindurch und schnappte sich den Ball: Maus, die Hauskatze, jagte die Kugel quer durchs Wohnzimmer, bevor sie sie erlegte und gierig verschlang.

»Du sollst Maus nicht füttern!«, tadelte Doris, die sein verstecktes Manöver sogleich durchschaut hatte.

Konrad sah sie spitzbübisch an. Seine Doris war im letzten Jahr 60 Jahre alt geworden und hatte sich prächtig gehalten. Konrad bewunderte sie für den Sport, den sie regelmäßig trieb, und ihre Selbstdisziplin beim Essen – zwei Faktoren, denen sie wohl ihre nach wie vor gute Figur zu verdanken hatte. Ihr Gesicht war frisch und von nussbraunen Haaren umsäumt, die sie sich inzwischen zwar färben ließ, damit aber nur einige wenige graue Strähnen überspielen musste.

Konrad war stolz auf seine Frau, er verehrte und liebte sie noch immer wie in der Frühphase ihrer Beziehung. Nun, vielleicht nicht genau so, sondern auf eine andere, gewandelte, womöglich fortgeschrittene Art und Weise. Denn wie Doris, er selbst und jeder andere Mensch hatte sich das Paar verändert. Es hatte Höhen und Tiefen durchschritten, Krisen und glückliche Zeiten durchlebt. Mit dem Resultat, dass sie nach wie vor zusammen lebten, fester und vertrauensvoller liiert als je zuvor.

Manchmal fragte er sich, ob sie es genau so sah – und wie sie *ihn* sah? Sein wohlgeformter Schädel war mittlerweile weitgehend kahl und wurde nur von einem kurzgeschorenen grauen Haarkranz umgeben. Das erstaunlich faltenarme Gesicht dominierten je nach

Sichtweise seine Augen oder seine Nase. Letztere hatte sich das Attribut markant redlich verdient. Auf ihrem leicht gebogenen Rücken ruhte eine Brille mit schwarzem Rahmen, ein klassisches Designerstück, das neben der Platte ein Markenzeichen Kellers darstellte. Hinter den Gläsern blitzten zwei Augen, die so aufgeschlossen, neugierig, forsch und vor allem jung wirkten wie die eines 20-Jährigen.

»Sophie?«, durchbrach Doris seine Gedankengänge.

»Du fragst nach unserer Tochter?«

»Ach, ja. Sophie. Hat sie dir auch eine Mail geschrieben?«

»Nein. Eine Mail hat sie nicht geschrieben.«

So, wie Doris es formulierte, sah sich Konrad zu einer Nachfrage genötigt: »Sondern?«

Doris warf einen Blick auf ihre Armbanduhr. »Sondern …« Ein Lächeln breitete sich auf ihrem Gesicht aus. »Sie wird es dir gleich selbst sagen.« Ehe Konrad begreifen konnte, klingelte es an der Wohnungstür. »Willst du nicht aufmachen?«, fragte seine Frau.

Der Überraschungsgast ließ einen Rucksack fallen und umarmte den überrumpelten Vater mit hundert Küssen und tausend Worten. Wie aus einem Wasserfall quollen die Neuigkeiten und Fragen aus dem Mund der jungen Frau, deren Kleidung aus einem wilden Stilmix der 1970er-, 80er- und 90er-Jahre bestand, und die mit Mund, Händen und Füßen gleichzeitig zu kommunizieren schien.

Sophie, die ihre Vorlieben, sich zu schminken, ebenso wie Haarfarben und Frisuren mit den Jahreszeiten wechselte, trat heute rötlich gelockt auf. Als sie die Eltern, die kaum zu Wort kamen, ins Wohnzimmer bugsiert hatte, wurde der jüngste Spross der Familie Keller allmählich etwas ruhiger, wollte nun aber sofort und auf der Stelle über die neuesten Familienangelegenheiten informiert werden.

»Was gibt's denn Neues? Man bekommt in München ja kaum etwas von euch mit. Wie läuft die Praxis von Burkhard? Wirft das Verarzten von Meerschweinchen genug für ihn und seine Family ab? Und Jochen, die alte Diva? Schleppt er noch immer die Küken ab – immerhin zählt er mit seinen 36 Jahren ja fast schon zu den Gruftis.«

»Deinen Brüdern geht es gut, soweit wir das beurteilen können«, meinte Konrad. »Wie läuft es denn bei dir auf der Schauspielschule?«

Sophie kicherte und vollzog einige beachtliche Bewegungsübungen mit ihren Augenbrauen. »So weit, so gut. Ich mache mein Ding wohl ganz ordentlich. Vielleicht ist demnächst sogar ein kleiner Fernsehauftritt drin.«

»Fein, Sophie«, freute sich Doris. »Und um die Wortkargheit deines Vaters auszugleichen: Burkhard und seine Familie sind glücklich und zufrieden. Die Tierarztpraxis hat die Startschwierigkeiten überwunden. Dein Bruder hat in einen kleinen OP-Tisch und die notwendige Ausrüstung für chirurgische Eingriffe bei Vierbeinern investiert und sogar ein Sauerstoffzelt für altersschwache Sittiche und Kanarienvögel angeschafft. Kaum zu glauben, was es alles gibt! – Ja, und Jochen bleibt Jochen.«

»Er hat sich für einen Ressortleiterposten bei der Augsburger Allgemeinen beworben«, rückte Konrad den Stellenwert seines ältesten Sohns ins rechte Licht.

»Ups«, entfuhr es Sophie. »Das Sandwichkind bleibt in Nürnberg, den Ältesten verschlägt es nach Augsburg und das Nesthäkchen hat sein Herz an München verloren – da müsst ihr euch mit eurer elterlichen Fürsorge ja dreiteilen.«

»Wie du weißt, gehen wir gern auf Reisen«, entgegnete Doris. »Wir könnten ja auch in die Mitte ziehen.«

Konrad warf ihr einen skeptischen Blick zu. »In die Mitte? Etwa an die fränkische Seenplatte, nach Weißenburg an den römischen Limes?«

»Warum denn nicht?« Doris stellte diese Frage in den Raum, ließ sie wirken und fügte nach einer Pause hinzu: »Davon abgesehen werden wir bald ohnehin nicht mehr viel zuhause sein. Wenn du pensioniert bist, holen wir all die Urlaube nach, von denen wir immer geträumt haben. Dann gibt es keinen Fall mehr, der dich in Nürnberg festhält. Dann bist du endlich frei – dann sind *wir* endlich frei.«

»Eine Weile wird es dauern, bis unser Reisemobil soweit ist.«

Sophie kicherte: »Schraubst du etwa immer noch an diesem alten VW-Bus herum?«

»Ja«, antwortete Doris an Konrads Stelle. »Dein Vater ist nun mal ein unverbesserlicher Romantiker: Er will mit mir und seinem T1 quer durch Europa touren. Ganz im Stil der 60er-Jahre.«

»Der Motor läuft nicht rund«, bremste Konrad die Vorfreude. »Und die Verlegung des Kabelbaums ist komplizierter als erwartet.«

Das Klingeln des Telefons unterbrach das lebhafte Familiengespräch.

»Für dich«, sagte Doris kurz angebunden und reichte den Hörer an ihren Mann weiter. Der konnte von ihrem Gesicht ablesen, dass es sich um einen Anruf aus dem Kommissariat handelte und es mit der Feierabendruhe vorbei war.

»Herr Polizeioberrat?«, meldete sich eine Mitarbeiterin. »Unser Amokläufer hat sein Schweigen gebrochen. Er möchte ein Geständnis ablegen. Kommissarin Stahl meinte, wir sollten Sie hinzuziehen.«

4

Das Präsidium am Jakobsplatz stellte einen umfangreichen Gebäudekomplex dar, der sich, nahezu quadratisch im Aufbau, um einen Innenhof für den Fahrzeugpark der mittelfränkischen Polizeizentrale schloss. Der breiten Öffentlichkeit blieben die meisten Räumlichkeiten des Präsidiums verborgen, so auch der Verhörraum, in dem man Amokläufer Hartmut Wollschläger an Beinen und Händen fixiert an einen Tisch gesetzt hatte, auf dem lediglich zwei Mikrofone standen.

Als Konrad Keller etwa 20 Minuten nach dem Anruf ankam, musste er feststellen, dass das Verhör bereits begonnen hatte. Durch eine Panoramascheibe, die von der anderen Seite verspiegelt war, beobachtete er, wie ein Kollege auf den in sich zusammengesunkenen Tatverdächtigen einredete.

Bei dem Kollegen handelte es sich nicht um irgendeinen Kollegen, sondern um Hauptkommissar Winfried Schnelleisen. Schnelleisen galt als Kellers designierter Nachfolger für das Amt des Kripochefs, und er konnte es ganz offensichtlich nicht abwarten, diese Aufgabe auszufüllen.

»Wie lange spricht *er* schon mit dem Verdächtigen?«, fragte Keller und wandte sich dabei einer jungen Frau mit sportlicher Figur, rotblondem Kurzhaarschnitt und Sommersprossen in ihrem zierlichen Gesicht zu.

Die Angesprochene, Kommissarin Jasmin Stahl, sah ihn etwas verlegen an: »*Er* ließ sich nicht davon abhalten. Ich hatte ihm geraten, auf Sie zu warten.«

»Aber *er* hält nicht viel von Ratschlägen. Ich weiß. Danke, dass Sie es trotzdem versucht haben.« Keller beendete das Kreuzverhör seines Nachfolgers, indem er die Tür zum Verhörzimmer öffnete und mit ausladenden Schritten auf Hartmut Wollschläger zuging. Ohne Schnelleisen auch nur eines Blickes zu würdigen, sagte er: »Mein Name ist Keller, Polizeioberrat und Leiter des Kommissariats K11, gemeinhin bekannt als Mordkommission. Aber wir haben uns ja bereits kennengelernt.«

Während Schnelleisen, ein Zweimetermann mit

humorlosem, grobporigem Gesicht und schmutzblondem Haar, wutschnaubend den Raum verließ, hob Wollschläger nur zögerlich seinen Kopf. Er musterte Keller und hatte offensichtlich Mühe, in ihm den Mann wiederzuerkennen, der ihn vor gar nicht langer Zeit zur Strecke gebracht hatte. »Ja«, sagte er leise. »Ich erinnere mich an Sie.«

»Das ist zumindest ein Anfang«, meinte Keller, zog sich einen Stuhl heran und setzte sich Wollschläger gegenüber. »Wie ich erfahren habe, wollen Sie ein Geständnis ablegen. Meine Kollegen haben Sie sicherlich darauf hingewiesen, dass Sie ohne die Anwesenheit eines Anwalts nichts zu Protokoll geben müssen.«

Das sei ihm bewusst, antwortete der unscheinbare Delinquent. Anschließend begann er mit leiser und tonloser, beinahe einschläfernder Stimme zu berichten. Er nannte, ohne dass ihn Keller explizit dazu aufforderte, sein Geburtsdatum, die Adresse und auch die seines Arbeitgebers. Er legte seinen Lebenslauf dar, an dem nichts ungewöhnlich erschien. Er berichtete von seiner Frau, mit der er seit 1989 verheiratet war und mit der er sich jahrelang ein Kind gewünscht hatte. Als sich der Wunsch nicht erfüllen wollte, zog das Ehepaar Wollschläger ärztliche Hilfe zurate und entschied sich schließlich für eine künstliche Befruchtung. Doch auch hier gab es Rückschläge, bis beide kaum noch eine Hoffnung in sich trugen. Als sie ihren Traum vom kleinen Familienglück beinahe schon beerdigt hatten, wurde Frau Wollschläger schwanger. Im Februar 2001 brachte sie ein gesundes Mädchen zu Welt: Isabelle.

»Sie war unser Sonnenschein«, sagte Wollschläger, während sich in seinen Augenwinkeln Tränen bildeten.

»War? Ist Ihrer Tochter etwas zugestoßen?«, hakte Keller ein.

Wollschläger versuchte trotz seiner gefesselten Hände an ein Taschentuch zu gelangen, um sich die feuchten Wangen abzutupfen. Als dies nicht gelang, reichte ihm Keller eines von seinen.

»Danke«, sagte Wollschläger. »Isabelle war ein hübsches Mädchen, aber das sagen wohl alle Väter über ihre Töchter. Sie war blitzgescheit und machte sich gut in der Schule. Sie galt als beliebt und hatte viele Freundinnen. Von größeren Krankheitsgeschichten blieb sie verschont. Bis sie dann über starkes Bauchweh klagte. Ziemlich schnell stellte sich heraus, dass es der Blinddarm sein musste. Wir ließen sie ins Krankenhaus einliefern, ins Südklinikum.«

»Ich beginne zu ahnen«, merkte Keller an.

Wollschläger redete mit seiner monotonen Stimme weiter: »Die OP sei Routine und gehöre zum normalen Tagesgeschäft, wurde uns versichert. Trotzdem mussten wir vorher unterschreiben, dass wir über eventuelle Risiken aufgeklärt wurden, was wir auch taten. Und – was soll ich sagen? Die Operation ging schief. Ich weiß bis heute nicht, was genau passiert ist, aber unser kleines Mädchen, unser Sonnenschein, ist nie wieder zu sich gekommen. Sie starb an inneren Blutungen.«

»Das ist bitter.« Keller spürte, dass die Geschichte ihm nahe ging. Doch es gehörte zu seinem Job, Emotionen zu unterdrücken. »Fahren Sie bitte fort.«

»Wir wollten es nicht einfach akzeptieren, dass eine Elfjährige ihr Leben bei einer Standardoperation lässt. Wir haben Nachforschungen angestellt. Vor allem meine Frau mochte sich nicht mit dem Schicksalsschlag abfinden und forderte Gerechtigkeit. Wir strengten einen Prozess an wegen Ärztepfusch.«

»Sie verloren den Prozess, habe ich recht?«

»Ja, und auch beim zweiten und dritten Versuch.« Wollschläger strich sich abermals mit dem Taschentuch durchs Gesicht. »Meine Frau ist über diese Abfolge von Enttäuschungen und Entbehrungen hinweg zerbrochen. Sie hat das alles nicht länger verkraftet. Ich musste sie im Bezirkskrankenhaus unterbringen, in der geschlossenen Abteilung – sie ist nur noch ein seelisches Wrack.«

»Mit anderen Worten: Sie haben zunächst ihre geliebte Tochter und anschließend die Ehefrau verloren. Die Schuld dafür gaben Sie dem Personal des Südklinikums. Sie suchten nach Genugtuung für das erlittene Leid und nahmen für sich das Recht auf Selbstjustiz in Anspruch.«

Wollschläger richtete seinen Blick auf die Tischplatte. »Ja. So war es. Ich wollte, dass diejenigen, die mir die Hölle auf Erden bereitet haben, für ihre Unfähigkeit und ihre Ignoranz bluten. Ich wollte Rache nehmen dafür, dass meine Familie und mein Leben zerstört wurden.«

Keller ließ einige Sekunden verstreichen, dann räusperte er sich. »Das Gesetz selbst in die Hand zu nehmen, ist hierzulande nicht erlaubt, das muss Ihnen klar gewesen sein.«

»Natürlich. Vollkommen klar.«

»Dennoch haben Sie sich für diesen radikalen Schritt entschieden. Weshalb?«

»Ich sagte es bereits. Ich wollte Rache. Genugtuung. Inneren Frieden.«

»Inneren Frieden – indem Sie eine wehrlose Krankenschwester abstechen wie Mastvieh? Ist das Ihre Vorstellung von Gerechtigkeit?«

»Nein«, kam es kleinlaut.

»Wie bitte? Ich verstehe Sie nicht.«

»Nein«, antwortete Wollschläger lauter.

»Warum haben Sie es dann getan?«

»Wie gesagt: Ich sah keinen anderen Weg.«

Keller fuhr sich mit den Fingern über den Mund. Er ließ die eigenen Eindrücke, die er von der Festnahme Wollschlägers in Erinnerung hatte, Revue passieren. Schließlich fragte er: »Wenn Ihre Rachegelüste dermaßen groß waren, dass Sie auf eine Schwester losgingen, warum haben Sie sich dann nicht auch die Ärzte vorgenommen? Denn die sind es doch in erster Linie gewesen, die die Operation an Ihrer Tochter zu verantworten hatten, oder?«

Wollschläger hielt den Blick gesenkt. Er schluckte schwer, bevor er antwortete: »Die Frau ist die erste gewesen, die mir über den Weg lief. Ich habe sie vor dem OP-Saal gesehen, das Messer gezogen und … danach … danach fehlte mir die Kraft, um weiterzumachen.«

Keller sah den in sich zusammengesunkenen Mann nachdenklich an. Eine traurige Gestalt. Ein Attentäter und Verbrecher, keine Frage, aber auch die Verkörperung eines tragischen Schicksals. Er wollte die Befragung gerade fortsetzen, als er durch ein Klopfen aus dem Konzept gebracht wurde. Jasmin Stahl stand in der Tür und winkte ihn zu sich.

»Ja?«, fragte er die junge Kommissarin, als er den Verhörraum verlassen hatte. »Was gibt es so Wichtiges?«

»Die Krankenschwester«, beeilte sich die Kommissarin zu erklären. »Sie ist ihren Verletzungen erlegen.«

»Tot?«, fragte Keller, obwohl er genau verstanden hatte.

Jasmin Stahl nickte mit unglücklichem Gesichtsausdruck.

Damit war Hartmut Wollschläger vom Tatverdächtigen der schweren Körperverletzung zum vorsätzlichen Mörder aufgestiegen, dachte Keller. Eine unrühmliche Karriere. Es sah schlecht aus für den Mann.

5

Im dichten Gedränge der Menschen, die dazu neigten, Trauben zu bilden und die engen Gässchen des Christkindlesmarktes zu verstopfen, erkannte er sie zunächst nicht wieder. Selbst als sie nach ihm rief und mit hoch gehaltenen Armen auf sich aufmerksam machte, konnte Jochen Keller keinen Zusammenhang herstellen zwischen dem Dessous-Mädchen aus der Shoppingmeile und der jungen Frau, deren Körper eingehüllt war von einem dicken Wintermantel, einem meterlangen Wollschal und einer Mütze, an der fransige Bommel hingen.

»Huhu! Hier bin ich! Am Glühweinstand!«, rief Denise ihm zu.

Jochen hatte die Gelegenheit beim Schopf ergriffen, als Denise ihn in der Redaktion angerufen und ein Belegexemplar mit ihrem Foto erbeten hatte, um sich mit ihr zu verabreden. Ein oder zwei Tassen Glühwein auf dem Christkindlesmarkt waren ihm als idealer Anfang für eine neue Bekanntschaft erschienen. Nun aber, dem erbarmungslosen Drängen der Bustouristen ausgesetzt, bewertete er seinen eigenen Vorschlag weniger positiv. Im Gegensatz zu ihm, dem bereits zwei Kinderwagen über die Schuhe gerollt waren und dessen Ärmel die Spuren eines Bratwurstwecklas mit zu viel Senf aufwiesen, schien sich Denise in dem Getümmel aber durchaus wohlzufühlen.

»Komm rüber!«, spornte sie ihn an. »Noch zwei Meter, dann hast du es geschafft.«

Kaum hatte Jochen den Glühweinstand am Fuße der festlich illuminierten Frauenkirche erreicht, schlang seine Verabredung ihre Arme um seinen Hals, zog ihn bis auf Kopfhöhe zu sich herunter und drückte ihm einen Kuss auf die Wange. Jochen, etwas überrascht angesichts der offenherzigen Begrüßung, sah sie forschend an.

»Ups, bin ich dir zu stürmisch?«, deutete Denise seinen fragenden Gesichtsausdruck. »Weißt du, ich hatte schon einen Glühwein, um die Wartezeit zu verkürzen. Und es ist ja auch ziemlich kalt heute.« Um den letzten Satz zu unterstreichen, schabte sie mit dem Stiefelabsatz über den fest getretenen Schnee.

»Passt schon«, lächelte Jochen, »den Rückstand hole ich ganz schnell wieder auf.« Er beugte sich über den Tresen der Holzbude und bestellte einen Heidelbeerglühwein mit Schuss. »Für dich auch noch einen?« Denise nickte.

Vom Alkohol erwärmt und angeregt, begannen beide ein munteres Gespräch. Denise interessierte sich in erster Linie für Jochens Beruf als Reporter. Während er erzählte, blieb ihm nicht verborgen, wie seine zierliche Begleiterin ihn mit bewundernden Blicken bedachte. Das schmeichelte ihm und tätschelte sein ohnehin verwöhntes Ego.

»Triffst du in deinem Job auch Prominente?«, wollte Denise wissen.

»Kommt ganz darauf an, wen man darunter versteht«, gab sich Jochen wählerisch. »Bürgermeister, Abgeordnete und Vorstandschefs kennt man in meiner Branche natürlich recht gut. Die hofieren einen, sie wollen ja alle eine gute Presse.«

»Ich dachte mehr an Popstars und Schauspieler.« Ihre Augen funkelten neugierig.

»Ach so. Ja, klar, von denen habe ich auch schon etliche getroffen.«

»Da ist ja spannend. Wen denn?«

Jochen wog blitzschnell ab, ob er einige der mehr oder minder prominenten lokalen Kulturgrößen nennen sollte, entschied sich aber für die richtig großen Nummern, die auch für ihn zu den wahren Highlights zählten: »Mit Robby Williams konnte ich ein paar Worte wechseln, als er zu einer Fernsehshow nach Nürnberg kam. Nicole Kidman hat mir nach einer Filmpremiere ein Interview gegeben, kurz bevor sie mit ihrem Privatjet zurück in die Staaten gedüst ist. Ja, und mit David Beckham habe ich nach einem Spiel plaudern können. Netter Kerl, keine Spur arrogant.« Dass dieses Spiel anlässlich der Fußballweltmeisterschaft 2006 stattgefunden hatte und damit schon etliche Jahre zurücklag, verschwieg er geflissentlich. Trotzdem war Denise nachhaltig beeindruckt.

»Wow!« Sie nahm einen besonders großen Schluck aus ihrem Becher. »Meinst du, du kannst mich zu so einem Event mal mitnehmen?«

Jochen lachte und schob eine verirrte Haartolle zurück unter sein Stirnband, das er als Wärmeschutz für seine Ohren trug, weil ihm Mützen nicht standen, wie er meinte. »Ich kenne dich ja erst seit ein paar flüchtigen Momenten.«

Denise fasste das wohl als eine Art Aufforderung auf, denn nun legte sie erneut ihren Arm um seinen Hals, stellte sich auf die Zehenspitzen und gab ihm einen weiteren feuchtwarmen Wangenkuss – diesmal um einiges näher an seinem Mund. »Jetzt kennst du mich schon etwas besser.«

Jochen schmunzelte. »Das genügt mir aber nicht. Du weißt doch: Ich bin Reporter. Journalisten sind chronisch neugierig: Erzähl mir erst mal was von dir!

Über dein Leben! Ich weiß ja nicht einmal, wie alt du bist.«

Denise verzog den Mund und schien für einen Augenblick ihre gute Laune und Agilität zu verlieren. »Keine Sorge: Ich bin volljährig. Sonst gibt es nicht viel, was du wissen müsstest. Womit ich mein Geld verdiene, hast du ja selbst gesehen.«

»Ich weiß, dass du in Dessous eine sehr gute Figur abgibst, aber ansonsten bin ich völlig ahnungslos. Also, gib dir einen Ruck und erzähl mir was von dir.«

»Gelernt habe ich Einzelhandelskauffrau«, gab Denise mit sichtlichem Widerstreben preis, denn im Vergleich zu Jochens Job erschien ihr ihre Ausbildung wohl als zu wenig glamourös oder aufregend. »Ich wohne noch bei meinen Eltern, draußen in Langwasser. Einen Bruder habe ich, der ist kleiner. Kam erst acht Jahre nach mir auf die Welt. Hast du auch Familie? Bist du verheiratet?«

Diese Frage kam ziemlich unvermittelt, fand Jochen. Hatte Denise wohl schon schlechte Erfahrungen mit Herren seines Alters gemacht? Doch er konnte sie beruhigen: »Ich habe noch nicht die Richtige gefunden.« Nun sah er ihr tief in die Augen und fügte nach einer rhetorischen Pause hinzu: »Bis heute.« Das war eine alte Masche von ihm, aber er meinte es jedes Mal aufs Neue wirklich ehrlich.

Denise wurde angesichts dieser Offenbarung etwas nervös. Statt aufs Ganze zu gehen und ihm einen dritten Kuss zu geben – diesmal auf den Mund – widmete sie sich dem Glühwein und plapperte drauf los: »Und deine Eltern? Leben sie hier in Nürnberg? Du bist doch kein Zugereister, oder? Nein, sonst würdest du anders sprechen. Kommst du aus einer großen Familie? Hast du Geschwister, oder bist du Einzelkind?«

»Wir sind eine waschechte Nürnberger Sippe. Wenn wir mehr Geld und Einfluss gehabt hätten, hätten es meine Vorfahren sicherlich bis zum Stand einer Patrizierfamilie gebracht«, ließ Jochen das Gespräch weiter auf der Smalltalk-Ebene plätschern. »Mein Vater ist Beamter bei der Kripo, meine Mutter die klassische Hausfrau. Dann gibt es noch einen Bruder, der ist Tierarzt, und ein Schwesterlein, das mal ein großer Schauspielstar werden will.«

»Und deine Freunde? Du hast doch Freunde. Was sind das für Leute?«, fragte Denise ihn weiter aus.

Jochen spürte, dass die junge Frau Angst vor der eigenen Courage bekommen hatte und sich mit dem krampfhaften Bemühen um eine Fortsetzung des Gesprächs um eine aus Jochens Sicht weitaus lockerere Alternative drücken wollte. Also übernahm er jetzt die Initiative: Er beugte sich zu ihr herunter, spitzte die Lippen und näherte sich der noch immer plappernden Denise Zentimeter um Zentimeter.

Erst als sich ihre Lippen trafen und sich zu einem innigen Kuss vereinten, riss der Fragenstrom ab.

6

Noch befand sich Hartmut Wollschläger in der Position eines in Gewahrsam Genommenen: verhaftet, aber bislang nicht in die Untersuchungshaft überführt. Es fehlte der Entscheid des Untersuchungsrichters, und bis dieser eintraf, wurde der Tatverdächtige in einer Zelle des Präsidiums und nicht in der Justizvollzugsanstalt an der Mannertstraße festgehalten. Keller wollte diesen Heimvorteil nutzen, um Wollschläger noch einmal auf den Zahn zu fühlen.

Nach wie vor hatte Wollschläger nicht von seinem Recht Gebrauch gemacht, einen Anwalt zu kontaktieren. Somit verboten sich zwar weitere offizielle Verhöre, eine rein informelle Befragung aber durfte Keller durchführen. Diese Interpretation der Rechtslage war nichts weiter als ein juristischer Kniff, der auf tönernen Füßen stand und nicht von langer Dauer sein würde. Doch Keller stand angesichts seiner nahenden Pensionierung ja selbst unter Zeitdruck.

»Sind Sie bereit, mir einige weitere Fragen zu beantworten?«, fragte er den schmalen Mann mit der bleichen Gesichtsfarbe, der ihm gegenüber am Tisch im selben Verhörraum Platz genommen hatte, in dem sie schon einmal gewesen waren. Die beiden Mikrofone standen ebenfalls wieder parat, und Keller erklärte: »Wir zeichnen das Gespräch auf. Aber es hat keine Relevanz für einen späteren Prozess. Betrachten Sie es als ein Sondierungsgespräch.«

Wollschläger sah ihn aus traurigen, rot unterlaufenen Augen an. Unter Mühen formulierte er seine Antwort: »Machen Sie, was Sie wollen. Mir ist es egal. Stellen Sie Ihre Fragen. Ich weiß nicht, ob ich auf alles eine Antwort weiß.«

Keller räusperte sich. »Also, gut: Schildern Sie mir bitte die genaueren Umstände, wie es zur Operation an Ihrer Tochter Isabelle gekommen ist.«

Wollschläger schnaufte und klang gequält, als er antwortete. »Wie es dazu gekommen ist? Das habe ich Ihnen doch bereits erzählt: Sie war krank. Das arme Mädchen hat gelitten. Sie hatte Schmerzen.«

»Schildern Sie bitte von Anfang an: Waren Sie zuerst beim Hausarzt mit ihr?«

»Ja, ja. Natürlich, der ganz normale Weg. Aber der Hausarzt hat uns sofort ins Krankenhaus eingewiesen. Wir haben überlegt, ob wir Isabelle in die Cnopfsche Kinderklinik bringen sollten, aber vom Südklinikum hatten wir ja auch nur Gutes gehört. Und es liegt näher an unserem Zuhause, wir hätten sie also schneller und leichter besuchen können.«

»Wie ging es weiter?«

»Ich weiß nicht genau. Es ging alles sehr schnell. Wir führten ein Gespräch mit dem Chirurgen, Dr. Bartels. Er war sehr nett, hat uns alles genau erklärt, jeden einzelnen Schritt. Isabelle durfte mithören und hat schnell Vertrauen zu ihm gefasst. Wir mussten einen Haufen Papiere unterzeichnen. Es hieß, alles sei ganz harmlos, reine Routine. Der Papierkram müsste nur für den unwahrscheinlichen Fall ausgefüllt werden, dass sich Probleme einstellten.«

»Zu denen es dann ja prompt kam.«

Wollschläger seufzte. »Ja. Die Operation verlief alles andere als planmäßig. Es kam zu schwerwiegenden Komplikationen. Man entschied sich dazu, unser Mädchen nicht aus der Narkose aufzuwecken. Sie blieb ohne Bewusstsein. Die Ärzte nannten es Sedierung, eine Art künstliches Koma.«

»Berichten Sie weiter, bitte.«

»Als Eltern wurden wir vertröstet und hingehalten. Man versuchte uns die Probleme als harmlose Verzögerungen darzustellen. An konkrete Informationen kamen wir kaum.«

»Wann genau haben Sie vom Tod Ihrer Tochter erfahren?«

»Isabelle ist um 0 Uhr und 39 Minuten aus dem Leben geschieden. So steht es in ihrem Totenschein. Angerufen wurden wir erst am nächsten Morgen um acht.«

»Sie konnten also nicht dabei sein, als Ihr Kind starb?«

Tränen sammelten sich in den Augen des blassen Mannes. »Nein. Man hat uns der Möglichkeit beraubt, von ihr Abschied zu nehmen.«

»Herr Wollschläger, mir fällt auf, dass Sie bei Ihren Schilderungen meistens ein unbestimmtes Personalpronomen verwenden: Statt Ärzte beim Namen zu benennen, verwenden Sie die Umschreibung ›man‹. Kann ich daraus schließen, dass Sie niemandem Bestimmtes Vorwürfe machen, sondern eine Kollektivschuld bei allen Beteiligten sehen?«

Wollschläger sah Keller ebenso verdutzt wie verstört

an. »Es ist mir nicht aufgefallen, dass ich so rede. Das tue ich nicht bewusst.«

»Mag sein, aber die Frage ist: Liege ich mit meiner Vermutung richtig? Sehen Sie die Schuld beim gesamten Ärzteteam? Die Krankenschwester allein war ja wohl kaum die Verantwortliche für das Schicksal Ihrer Tochter.«

Wollschläger schwieg nahezu eine Minute lang. Dann versuchte er sich an einer Erklärung: »Sie haben recht, in gewisser Weise. Ich habe viele starke Rachegedanken gehabt in den letzten Monaten. Aber sie richteten sich nicht gegen eine einzelne Person. Mir ging es ums Ganze.« Wieder schwieg er. Dann holte er tief Luft. Stoßartig, lauter, beinahe aggressiv sagte er: »Alle tragen eine Mitschuld! Am liebsten hätte ich das ganze verdammte Krankenhaus in die Luft gesprengt!«

Keller, überrascht von der heftigen Reaktion des so schüchtern und zurückhaltend wirkenden Mannes, ging auf Abstand, indem er sich in seinem Stuhl zurücklehnte. Offenbar hatte er einen wunden Punkt getroffen. Einen Fehler im System, denn Rache war ein aussichtsloses Unterfangen, wenn es niemanden Konkretes gab, gegen den sich die aufgestauten Hassgefühle richten ließen. Es sei denn, Wollschläger wollte seine Rache tatsächlich und ganz bewusst nicht gegen ein Individuum, sondern das gesamte System ausüben. In diesem Fall mutete seine Messerattacke allerdings halbherzig und unausgegoren an.

Keller musste mehr erfahren über Wollschlägers Racheplan, wenn es denn einen solchen gegeben hatte.

Nur so würde es ihm gelingen, hinter die Fassade des gramgebeugten Familienvaters zu schauen, der mit seiner Tochter sein Ein und Alles verloren hatte. Keller musste herausfinden, wie groß das kriminelle Potenzial seines Gegenübers in Wahrheit war oder ob er ihn als gescheiterten Einmaltäter abhandeln konnte.

Er setzte gerade zur nächsten Fragerunde an, als es an der Tür klopfte und gleich darauf Jasmin Stahls rötlicher Haarschopf im Türrahmen auftauchte.

»Entschuldigen Sie die Störung«, sagte sie und wedelte mit einem schnurlosen Telefon, das sie in der linken Hand hielt.

»Schon wieder Sie? Was gibt es denn so Dringendes?«, fragte Keller verärgert. Er konnte es überhaupt nicht ausstehen, während einer Befragung unterbrochen zu werden. Noch dazu, wenn er sich gerade auf dem richtigen Weg wähnte, dem Verdächtigen seine tiefsten Gedanken zu entlocken.

»Telefon für Sie«, sagte die junge Kommissarin. »Wichtig.«

Keller nickte widerwillig, stand auf. Er nahm seiner Kollegin das Telefon ab und überließ ihr seinen Platz im Verhörraum. Erst als er das Zimmer verlassen und die Tür hinter sich geschlossen hatte, führte er den Apparat ans Ohr und meldete sich unwirsch:

»Ja, Keller am Apparat.«

Am anderen Ende meldete sich eine ihm wohlvertraute, aber keineswegs willkommene Stimme: »Sie haben mit den Vernehmungen des Amokläufers aus dem Südklinikum begonnen, ohne dass ihm ein Rechtsbeistand zur Seite gestellt wurde?«, klang es streng aus dem Hörer.

Keller räusperte sich. Er musste seine Antwort in wohlformulierte Worte fassen, denn mit Oberstaatsanwältin Katinka Blohm war nicht gut Kirschen essen: »Ach, Frau Blohm, schön Sie mal wieder zu sprechen!«, gab er sich ungezwungen. »Ja, es ist richtig. Ich unterhalte mich gerade mit Herrn Wollschläger. Es kann ja nur in unserem Sinne sein, möglichst schnell Resultate zu erzielen.«

»Was in meinem Sinne ist, überlassen Sie bitte mir, Herr Keller. Sie wissen genau: Ich kann Ihr Vorgehen nicht dulden! Wenn Wollschläger jetzt ohne Anwalt befragt wird, fällt uns das später bei der Verhandlung auf die Füße. Das ist ein ganz schlechter Stil.«

»Aber er bekommt ja seinen Anwalt, das ist doch selbstverständlich. Ich möchte bis dahin nur keine Zeit verstreichen lassen und …«

»Keine weiteren Befragungen ohne Rechtsbeistand!«, unterbrach ihn die Oberstaatsanwältin resolut. »Haben wir uns verstanden?«

»Ja«, sagte Keller sehr leise.

»Wie bitte? Ich konnte Sie nicht hören.«

»Ja!«, wiederholte er laut und salutierte mit grimmiger Miene. Diese Chefanklägerin hatte wirklich Haare auf den Zähnen, dachte er. Er war froh, mit ihr nur im Dienst und nicht privat verkehren zu müssen.

7

Im diffusen Licht der Hinterhofgarage nahm sich Uwes lockiger Haarkranz aus wie ein struppiges Beet, verpflanzt auf einen ovalen Kopf mit zwei intelligenten, dunklen Augen, ebenso dunklen Brauen und einem Drei- bis Fünftagebart.

Uwe durfte sich zu einem der ältesten Freunde Konrad Kellers zählen. Sie beide verband eine Freundschaft, die bis zurück in ihre Schulzeit reichte und von jeher eine stark verbindende Gemeinsamkeit barg: das Basteln und Schrauben an alten Autos! Denn während Uwe und Konrad beruflich völlig andere Wege genommen hatten und Uwe, der promovierte Physiker, in der Entwicklungsabteilung bei Siemens Healthcare in Erlangen ein gutes Einkommen genoss, aber bis heute ledig und kinderlos geblieben war, trafen sich die beiden seit Jahr und Tag regelmäßig, um Fahrzeuge aufzumöbeln und wieder fahrtüchtig zu machen, die eigentlich längst reif für den Schrottplatz waren. Begonnen hatten sie einst, vor unzähligen Jahren, mit einem VW Käfer. Heute hantierten sie an Konrads T1 herum, seinem heiß geliebten Wohnmobil der ersten Tage.

»Weißt du«, sagte Uwe, als er ölverschmiert unter dem Heckmotor des Oldtimers auftauchte, »bei einem moderneren Auto hätten wir es leichter, die Fehler zu erkennen und zu beheben.« Uwe war einige Zentimeter größer als Konrad und wie er genauso schlank und sportlich geblieben. Das mochte daran liegen, dass er die Strecke zur Arbeit von Nürnberg nach Erlangen bei Wind und Wetter mit dem Fahrrad zurücklegte oder daran, dass er regelmäßig ausdauernd schwimmen ging oder an beidem. Nun bewegte er seinen drahtigen Körper zu seinem Aktenkoffer von den Dimensionen eines Pilotenkoffers und entnahm ihm ein tastaturloses Pad.

»Das ist der neueste Schrei in der Kfz-Branche«, verkündete Uwe. »Du schließt es an die Schnittstelle des Pkw an, woraufhin es sich automatisch in die verschiedenen elektronischen Systeme einliest und auf Fehlersuche geht. Funktioniert bei fast allen Modellen ab dem Baujahr 1995.«

»Mein T1 stammt aber aus dem Baujahr 1965«, merkte Konrad Keller an.

»Das ist ja das Problem! Wir können all die schönen Hilfsmittel eines heutigen Mechatronikers nicht einsetzen, sondern müssen mit primitivsten Mitteln arbeiten.«

»Genau«, trumpfte Konrad auf. »Nämlich mit Herz, Verstand und Bauchgefühl. Darin liegt ja der Spaß an der Freud.«

Uwe kräuselte die Stirn. »Angesichts des strikten Terminplans, den uns deine Frau aufgedrückt hat, spielen weder Herz, Verstand und erst recht kein Bauchgefühl eine Rolle. Mensch, Konrad, wir bringen diese Schüssel nie im Leben zum Rollen, wenn wir nicht mehr Zeit investieren.«

»An Zeit sollte es mir demnächst ja nicht mangeln«, sagte Konrad und klang dabei reichlich fatalistisch.

»Wenn du auf deine Pensionierung anspielst, kann

ich nur sagen: Sei froh, dass dir der Öffentliche Dienst diesen frühen Berufsausstieg ermöglicht. Bei uns in der freien Wirtschaft ist das leider nicht mehr möglich. Die Zeiten des goldenen Handschlags sind vorbei. Ich muss noch etliche Jahre ran, wenn ich kein Geld verschenken will.«

»Ja, ja, schon gut, ich habe verstanden, du bemitleidenswerter Mensch. Dafür verdienst du aber Etliches mehr als ich.« Mit diesen Worten wandte sich Keller wieder dem Objekt seiner Begierde oder vielmehr seinem Steckenpferd, Hobby und Zeitfresser Nummer eins zu: dem VW Bulli T1, der in der Realität als unlackiertes, räderloses und fahruntüchtiges Wrack vor ihm stand, in seiner Fantasie aber längst unterwegs war in Richtung Gardasee.

Mit angehängtem Ruderboot würde der Bulli-Ausflug noch mehr Spaß machen, malte er sich aus. Der VW-Campingbus der ersten Generation würde kurzerhand mit einem Bootstrailer zum Gespann gemacht – und schon wäre ein aktives Wochenende oder ein Urlaub am Meer garantiert. Denn der T1 stand für ihn als ein Symbol für ungezwungenen Freizeitspaß. Was er gemeinsam mit Uwe in schweißtreibender Handarbeit und mit wirklich viel Herzblut schuf, würde ein Klassiker mit zeitgenössischem Charakter werden. Das Karosserieoberteil plante er in perlweiß, das Unterteil in sonnengelb zu halten. Selbstverständlich würde er einen stilechten, silbergrauen Gepäckträger aufs Dach setzen und die Fenster mit Gardinen ausstatten. Der Gedanke daran, woher er ein passendes Boot bekommen sollte, holte ihn jedoch schnell in das Hier und Heute zurück: »Wir haben noch einen Haufen Arbeit vor uns, was?«, fragte er mit skeptischem Blick auf das unfertige Vehikel.

Uwe nickte und wischte sich mit einem Tuch über die ölverschmierte Stirn. »Billiger und einfacher wäre es, wenn du dir einen T3 oder T4 zulegst.«

»Das ist nicht das Gleiche«, tat Keller den Vorschlag ab und rüstete sich innerlich für eine leidenschaftliche Diskussion über die Vorzüge des ersten und einzig wahren VW Bullis.

Doch dazu kam es nicht. Kellers Handy, abgelegt auf einem Montagekasten, machte sich mit einem anschwellenden Klingeln bemerkbar, das Keller für Anrufe aus dem Präsidium programmiert hatte. Mit zwei schnellen Schritten erreichte er den Kasten und schnappte sich das Handy: »Ja?«, meldete er sich knapp.

»Wir haben noch einen Toten«, meldete sich Kommissarin Stahl. »Arbeitsunfall.«

Keller wunderte sich einen winzigen Moment darüber, warum ihn die Kommissarin mit einem Unfall behelligte. Als er sich vergegenwärtigte, dass Jasmin Stahl sowohl über eine schnelle Auffassungsgabe, als auch über ein gutes Gespür verfügte, hielt er sich mit der Frage nach dem Warum zurück und wartete auf weitere Erklärungen.

Die lieferte Jasmin Stahl auf dem Silbertablett: »Ich bin durch Zufall auf diesen Vorgang gestoßen: Der Kriminaldauerdienst ist hinzugezogen worden, nachdem ein Arzt wegen eines tödlichen Stromschlags gerufen worden war. Die Kollegen haben nach erstem Augenschein auf Unfall getippt.«

»Sie aber nicht?«, fragte Keller.

»Das kann ich nicht behaupten. Ich will ja niemandem seine Kompetenz absprechen.«

»Machen Sie es nicht so spannend, junge Kollegin«, forderte Keller sie auf. »Was hat Ihr Misstrauen erregt?«

»Der Ort des Geschehens: schon wieder die Kinderchirurgie des Südklinikums.«

8

Bei dem Toten handelte es sich um Dr. Frank Beierlein, Anästhesist, 37 Jahre alt, verheiratet, zwei Kinder, keine Vorstrafen. Jasmin Stahl war bereits vor Ort, als Keller das Südklinikum erreichte.

»Wo ist die Leiche?«, fragte er, als er einen Operationssaal betrat, in dem die Spurensicherung untrügliche Zeichen ihrer Anwesenheit in Form von Puderspuren zur Markierung von Fingerabdrücken und nummerierten schwarzen Tafeln zur Kennzeichnung von Spuren hinterlassen hatte.

»Bereits abtransportiert«, antwortete die junge Kommissarin kleinlaut. »Ich konnte nichts mehr machen. Es war alles veranlasst, bevor ich mich in die Sache reingehängt habe.«

»So?« Keller fuhr sich mit der flachen Hand über seine Glatze. »Da kann man wohl nichts machen.« Sein Blick fiel auf einen rollbaren Geräteträger von der Größe einer Kommode, den die Spurensicherer mit einer besonders großen Portion ihres schwarz schimmernden Zauberstaubs bedacht hatten. Offensichtlich handelte es sich um diejenige Apparatur, die den tödlichen Stromschlag verursacht hatte. Er deutete auf das Gerät und wollte wissen: »Ist das der Übeltäter?«

Die Kommissarin zog sich ein Paar durchsichtiger Latexhandschuhe über und öffnete die Rückseite des Geräts. »Sie wissen ja, ich bin von Haus aus Ingenieurin. Es ist keine Kunst zu erkennen, dass an diesem Narkoseapparat manipuliert worden ist.«

Keller kam näher, warf einen Blick auf das Gewirr von Kabeln und vergewisserte sich: »Sie meinen, jemand hat Hand angelegt?«

»Eindeutig«, gab sich Jasmin Stahl selbstsicher. »Ich habe die Kriminaltechnik angefordert. Die Jungs sollen auch mal ein Auge darauf werfen, aber ich bin überzeugt davon, dass sie dieselben Schlüsse ziehen werden.«

Keller ließ das soeben Gehörte auf sich wirken, während er sich in einer langsamen Drehung um die eigene Achse in dem hellen, sterilen Raum umsah. Was er empfand, war ein Gefühl der Leere, denn die keimfreie Atmosphäre des Raums wirkte sich unmittelbar auf sein Wahrnehmungsempfinden aus. Während die meisten Tatorte, die er in den vielen Jahren seiner Tätigkeit aufgesucht hatte, eine Vielzahl von Hinweisen und Verdachtsmomenten aufboten, blieb dieser Raum erschreckend aussageschwach, ja, geradezu abweisend.

Um seinem Gehirn ein Mehr an Informationen zu verschaffen und den kriminalistischen Denkprozess anzustoßen, wollte er seine Kollegin um weitere Informationen oder Mutmaßungen bitten, doch dieses Vorhaben wurde jäh durchkreuzt durch das lautstarke und von zwei bulligen Zivilpolizisten flankierte Auftreten des Kripochefs in spe: Winfried Schnelleisen.

»Sie hier?«, fuhr der hochgewachsene Hauptkommissar ihn an.

»Sie hier?«, äffte Keller ihn nach.

Schnelleisen stemmte seine geballten Fäuste in seine Hüften. »Laut Dienstplan müssten Sie zu Hause bei Ihrer Frau sein.«

Keller kopierte die Geste seines Nachfolgers und stellte klar: »Der Dienstplan hat – soviel ich weiß – keinerlei bindende Wirkung über meine Anwesenheitspflicht in meinem Zuhause. Außerdem, werter Kollege, bin noch immer ich der Leiter des K11.«

»Ja«, räumte Schnelleisen zerknirscht ein. »Noch genau neun Tage.«

»Wollen Sie mir nicht auch noch die Stunden und Minuten vorrechnen?«, reizte Keller ihn.

Schnelleisen war so schlau, nicht darauf einzugehen. Stattdessen zügelte er seine Aggressivität und erkundigte sich nach dem Stand der Dinge. Jasmin Stahl übernahm es, ihn über die aktuelle Entwicklung aufzuklären und abermals ihren Verdacht zu äußern, dass das Narkosegerät sabotiert worden sei. Schnelleisen hörte sich ihren kurz und präzise vorgebrachten Vortrag an, tat so, als würde er schwerwiegende Gedanken wälzen, indem er theatralisch die Stirn in Falten warf. Dann aber fand er allzu schnell zu seinem eigentlichen Wesen zurück und verkündete hochtrabend: »Ich bin längst einen Schritt weiter. Ich habe mich über diesen Dr. Beierlein schlaugemacht.« Er grinste überheblich und entblößte damit zwei Reihen gelblicher, schiefer Zähne. »Was glaubt ihr, wen Beierlein unter dem Messer hatte?«

»Niemanden.« Diese Spitze konnte sich Keller nicht verkneifen. Denn obwohl ihn brennend interessierte, was der Kollege herausgefunden hatte, musste er ihn auf den Boden zurückholen. »Narkoseärzte müssen darauf achten, dass ihre Patienten einen stabilen Herzschlag haben und nicht vergessen zu atmen. Aber ein Skalpell rühren sie gemeinhin nicht an.«

Schnelleisens Blick verfinsterte sich. »Das habe ich ja nicht wörtlich gemeint. Fest steht: Beierlein gehörte zu den Ärzten, die die Operation an der Tochter unseres Amokläufers Wollschläger verpfuscht haben.« Er sah Keller und Jasmin um Lob heischend an.

Doch die beiden guckten nur fragend und ratlos. Schließlich rang sich der reichlich perplexe Keller die Frage ab: »Das heißt?«

»Das heißt, dass ...« Schnelleisen unterbrach sich selbst, als er sich vergegenwärtigte, dass der einzige Mensch mit nachweisbarem Mordmotiv bereits im Gefängnis saß. »Das heißt ...«, wiederholte er mit hängenden Schultern.

»… dass wir ein größeres Problem haben«, vollendete Keller den Satz. »Verdammt, wie kann das möglich sein? Zufall? Nie im Leben!«

9

Das Büro von Konrad Keller, gelegen im zweiten Stock des Präsidiums in Richtung Mostgasse und zur marod nostalgischen Fassade des Szenegasthauses ›Bäckerhof‹, verfügte über die übliche Möblierung eines Büroraums im öffentlichen Dienst. Selbstredend moderner als das triste, mit sprödem 60er-Jahre-Charme eingerichtete Arbeitszimmer von TV-Kommissar Derrick, bis heute Kellers Lieblingsserie, aber eben doch nur zweckmäßig und ohne jede persönliche Note; außer einem gerahmten Foto seiner Familie, das vor etwa fünf Jahren während eines sommerlichen Ausflugs in die Fränkische Schweiz entstanden war. Keller würde also nicht viel auszuräumen, abzuhängen und einzusammeln haben, wenn er seinen Arbeitsplatz in wenigen Tagen für immer verlassen würde. Gleichwohl verband ihn sehr viel mit den vier Wänden, die ihn nun schon seit so vielen Jahren umgeben und die für ihn stets eine Art Zuflucht vor den Unbilden des rauen Leben seiner beruflichen Wirklichkeit geboten hatten. Ein seltener Anflug von Sentimentalität erreichte ihn, doch er verscheuchte ihn sogleich wieder.

Jasmin Stahl trug knackig enge Jeans und einen legeren, grauen Pulli mit V-Ausschnitt. Figürlich entsprach sie in etwa seiner Tochter Sophie, dachte sich Keller, nur dass die Kommissarin noch sportlicher war, Sophie dafür eine größere Oberweite hatte. Soviel er wusste, war Kollegin Stahl ungebunden, von gelegentlichen Kurzbeziehungen abgesehen; sie hatte ihr Herz an einen ihm unbekannten Fotografen verloren, der jedoch bereits vergeben war – gerüchteweise an niemand anderes als Staatsanwältin Blohm, was Kollegin Stahl wohl besonders wurmte. Mit ihren 28 Jahren sollte sie sich allmählich umorientieren und nicht einem hoffnungslosen Fall nachhängen, überlegte er, hütete sich aber davor, diesen Tipp auszusprechen. Denn auch wenn ihn Jasmin ab und zu an seine Tochter erinnerte – sie war es nicht.

Stattdessen fragte er: »Wie läuft's?«

»Schleppend.« Die Kommissarin seufzte: »Weil unüberschaubar viele Menschen Zugang zu den medizinischen Geräten hatten und sie vor Fingerabdrücken nur so wimmeln, stocken unsere Ermittlungen. Wir haben Haustechniker, Reinigungskräfte, Pfleger und natürlich das medizinische Personal befragt – Fehlanzeige.«

»Das hört sich nicht besonders vielversprechend an. Gibt es irgendeine andere Spur, die es wert ist, dass wir ihr folgen?«

Jasmin Stahl stieß einen weiteren tiefen Seufzer aus. »Keine direkte Spur, nur eine Mutmaßung.«

»Schießen Sie los!«

Die Kommissarin zog die Schultern an und wirkte alles in allem recht verkrampft, als sie ihre Theorie darlegte: »Mich hat dieser Zusammenhang mit der Operation an Hartmut Wollschlägers Tochter nicht losgelassen. Daher habe ich mir noch einmal die Akte unseres Amokläufers vorgenommen. Und was soll ich sagen – der Mann ist gelernter Elektriker, verfügt also über die notwendigen Kenntnisse, um eine solche Manipulation an dem Narkoseapparat vorgenommen zu haben.«

»Was?« Keller schob seinen Schreibtischstuhl zurück und stand auf. »Aber das ergibt doch keinen Sinn! Wollschläger sitzt in Untersuchungshaft. Dort saß er auch schon, als Dr. Beierlein den tödlichen Stromschlag bekam.«

»Das ist korrekt«, sagte Jasmin Stahl sehr zurückhaltend. »Deswegen habe ich diesen Gedanken auch gleich wieder verworfen. – Aber bei näherer Betrachtung…«

Keller spitzte die Lippen und stieß einen leisen Pfiff aus, als ihm bewusst wurde, worauf die junge Kollegin anspielte. »Sie denken um die Ecke, ja? Eine geradlinige Lösung käme in Zusammenhang mit Wollschläger nicht in Frage, also folgen Sie dem Täter auf seinen verschlungenen Pfaden.«

»Nun, ausreichend Zeit zur Vorbereitung einer solchen Tat hatte er ja gehabt. Später dann kam es nur noch auf das richtige Timing an.«

Keller musste seine Fantasie bemühen, um sich das von Jasmin Stahl entwickelte Szenario vergegenwärtigen zu können: Demnach hatte Wollschläger den Mord an Narkosearzt Beierlein schon vor seinem Messerüberfall auf die Krankenschwester vorbereitet. Er hatte die Apparatur, die Beierlein als Anästhesist einsetzte, wahrscheinlich kurz vor dem Amoklauf präpariert und brauchte danach nur noch abzuwarten, bis Beierlein seine Geräte für die nächste OP einschaltete. Ein heimtückischer, besonders niederträchtiger Mordanschlag, bei dem Wollschläger willentlich in Kauf genommen hatte, dass der Stromschlag auch einen anderen, unbeteiligten Menschen hätte treffen können.

»Ich habe bereits veranlasst, dass die Spurensicherer den defekten Apparat nun auch gezielt nach Wollschlägers Fingerabdrücken absuchen«, sagte Kommissarin Stahl und fragte mit erwartungsvollem Gesicht: »Was halten Sie von meiner Vermutung?«

»Starker Tobak, werte Kollegin, aber durchaus vorstellbar. Wenn es zutrifft, was Sie glauben, würde es auch erklären, warum sich Wollschläger bei seiner Messerstecherei mit nur einem Opfer zufriedengegeben hat. Denn er verließ sich auf die Wirksamkeit seiner Stromfalle.« Keller nahm sein Jackett von der Stuhllehne und zog es über. »Es gibt nur einen Weg, den Sachverhalt schnell zu klären: Ich werde mir Wollschläger noch einmal vornehmen.« Er sah sie etwas betreten an, als er ergänzte: »Nachdem er inzwischen in die Untersuchungshaft überführt worden ist, wird die Sache allerdings etwas komplizierter. Ich muss rüber ins Gefängnis an der Mannertstraße fahren.« Bereits im Gehen, bat er Jasmin Stahl darum, ihren Verdacht vorerst für sich zu behalten. »Vor allem Schnelleisen soll davon noch nichts wissen«, schärfte er ihr ein. »Der macht sonst bloß die Pferde scheu.«

Dienstwaffe, Autoschlüssel, Handy und sogar seinen Hosengürtel ließ Keller an der Pforte zurück und folgte einem wortkargen Justizbeamten über den schneebedeckten Innenhof der Justizvollzugsanstalt, einem heruntergekommenen Klinkerbau, der Trostlosigkeit und Trübsinn ausstrahlte. In einem der ziegelroten Trakte, die den Eindruck von Kasernengebäuden mit vergitterten Fenstern vermittelten, saß Wollschläger ein. Keller sah ihn bereits vor seinem geistigen Auge: schmal und unscheinbar, mit grauer Gesichtsfarbe und dem gebrochenen Blick eines um sein Kind trauernden Vaters. Doch Keller würde sich nicht von Mitleid und anderen ablenkenden Emotionen in seiner Absicht beirren lassen, dem Tatverdächtigen auf den Zahn zu fühlen und einem knallharten Verhör zu unterziehen.

Als sie den Zellenblock erreichten, fand Keller den Untersuchungshäftling mit genau der Körperhaltung und Gemütsverfassung vor, wie er es sich ausgemalt hatte. Nur saß Wollschläger nicht auf der Pritsche in seiner Zelle, sondern im Besucherraum – und ihm gegenüber ein klein gewachsener, fettleibiger Herr im dunkelblauen Anzug und dazu passender Krawatte.

»Dr. Raabe?«, fragte Keller überrascht.

Der Mann hob seinen Kopf und gab damit den Blick auf ein mehrfach gefaltetes Doppelkinn frei. »Herr

Wollschläger hat bislang keinen Anwalt zu Rate gezogen. Ich übernehme die Pflichtverteidigung.«

Keller schüttelte dem beleibten Anwalt dessen schweißfeuchte Hand und nahm neben ihm Platz. »Im Mordfall haben sich neue Anhaltspunkte ergeben«, wollte Keller dann gleich zur Sache kommen und bemerkte schon beim Sprechen seinen Fehler. Zu spät.

»Moment, Moment«, ermahnte ihn Dr. Raabe. »Von einem Mord zu sprechen ist verfrüht und unangemessen. Wie Sie bereits wissen, befand sich mein Mandant zum Zeitpunkt des Vorfalls in einem psychisch äußerst angespannten Zustand. Nach alldem, was ich über die Hintergründe dieses Falls bisher weiß, gehe ich wohl nicht zu weit, wenn ich eine Kurzschlusshandlung mit mindernder Schuldfähigkeit zugrunde lege.«

»Kurzschlusshandlung ist ein gutes Stichwort«, griff Keller den Faden auf und entschied sich dafür, aufs Ganze zu gehen: Er berichtete von dem zweiten Todesfall im Südklinikum und legte die Theorie dar, die Kommissarin Stahl entwickelt hatte.

Der Anwalt gab sich über diese Enthüllung bass erstaunt und wechselte einen nervösen Blick mit seinem Mandanten. Wollschläger selbst wirkte teilnahmslos, doch kam es Keller so vor, als wäre ein winziges Lächeln über seine fahlen Lippen gehuscht, als Keller den Tod des Narkosearztes erwähnte.

»Haben Sie Beweise? Fingerabdrücke?«, erkundigte sich Dr. Raabe, nachdem er das Gehörte verdaut hatte.

»Noch nicht«, antwortete Keller wahrheitsgemäß.

»Dann wird es vorerst kein weiteres Verhör geben. Mein Mandant und ich müssen die Gelegenheit bekommen, die neue Sachlage zu überprüfen und uns abzustimmen. Wir benötigen eine angemessene Beratungszeit.«

»Aber ich brauche Informationen«, beharrte Keller. »Hier und jetzt!«

Der dicke Anwalt schaltete auf stur. »Sprechen Sie mit der Staatsanwältin und kommen Sie wieder, wenn Sie befugt sind.«

»Dieser Umweg kostet mich unnötig viel Zeit und wirft die Ermittlungen zurück«, beschwerte sich Keller.

Raabe setzte ein süffisantes Lächeln auf. »Das, mein lieber Herr Polizeioberrat, ist mitnichten mein Problem.«

10

Als er, durch den Hausflur gehend, noch gute fünf Meter von seiner Wohnungstür entfernt war, nahm Konrad Keller bereits das unüberhörbare Poltern und Rumsen wahr, dessen Ursache er in der Anwesenheit seiner zwei Enkeltöchter Katrin und Nathalie vermutete. Denn nur Kinderfüße waren imstande, einen Lärm zu erzeugen, der sich über Teppichböden, Flurfliesen und Parkettböden hinweg in akustischen Monsterwellen durch ein ganzes Haus verbreiten konnte. Er wusste nichts von einem angekündigten Besuch der beiden. Kati und Nati, seine beiden temperamentvollen Lieblinge, mussten mit ihren Eltern also für eine Überraschungsvisite vorbeigekommen sein. Das kam leider viel zu selten vor, dachte sich Keller, während er den Türschlüssel ins Schloss steckte.

»Opi, Opi!«, riefen die strohblonden Zwillinge wie aus einem Mund und umklammerten Kellers Beine.

»Nicht so stürmisch, ihr Süßen.« Er streichelte den beiden Fünfjährigen über die Köpfe.

Am ausgeklappten Esstisch, den Doris gemeinsam mit Schwiegertochter Inge mit frisch aufgeschnittenem fränkischen Landbrot, einer Schale Obatzen, geräucherten Schinken, Radieschen und – für die Kleinen – Gelbwurst gedeckt hatte, vertieften sich Keller und sein Sohn Burkhard in ein Gespräch über dessen Tierarztpraxis. Nach einem zögerlichen Start hatte Burkhard eine stabil wachsende Stammkundschaft aufbauen können, von der er hoffte, dass sie ihm jeweils über den Zyklus eines Kleintierlebens hinweg die Treue hielt. Dank der zeitweiligen Assistenz von Inge konnte er sogar selbst Operationen ausführen, die nicht nur eine besondere Herausforderung für ihn und sein medizinisches Geschick darstellten, sondern auch als besonders lukrativ galten.

»Und bei dir, Paps? Was machen deine Ganoven?«, wechselte Burkhard schließlich die Perspektive des Fragestellers.

»Das, was sie am besten können: Mir keine Ruhe lassen, selbst kurz vorm Ruhestand.«

»Geht es um diese Sache im Südklinikum? Ich habe darüber gelesen.« Burkhard, im Gegensatz zu seinem älteren Bruder ein zum Rundlichen neigender Gemütsmensch, aber mit Köpfchen und dem Herz am rechten Fleck, sah seinen Vater forschend an. »Da gab es jetzt sogar einen zweiten Toten, ja? Steht beides in einem Zusammenhang?«

Der Senior nickte nachdenklich. »Ja, ein Zusammenhang lässt sich nicht leugnen, obwohl ich es liebend gern täte. Denn der einzige in Frage kommende Täter saß bereits in Haft, als sich der zweite Todesfall ereignete.« Keller erzählte seinem Sohn alles darüber, was er für relevant erachtete und ließ lediglich Interna und persönliche Angaben weg, über die er nicht sprechen durfte.

Burkhard hörte geduldig und ohne unterbrechende Fragen zu, fuhr sich mit den gespreizten Fingern durch sein lichter werdendes Haar und meinte: »Manipulation und Sabotage hin oder her: Dass der Anästhesist gestorben ist, macht mich stutzig. Ein Stromschlag von 220 Volt kann einen erwachsenen Mann umhauen und verletzen, aber er muss nicht tödlich sein. Wenn dieser Wollschläger, wie du sagtest, mit mörderischen Absichten an dem Apparat herumgeschraubt hat, musste er als Elektriker das Risiko kennen, dass sein Opfer den Anschlag möglicherweise überlebt. Es sei denn ...« Burkhard hielt inne.

»Es sei denn? Was geht dir im Kopf herum?«, wollte Keller wissen.

»Habt ihr den toten Arzt schon obduzieren lassen?«, antwortete Burkhard mit einer Gegenfrage.

»Die Ergebnisse liegen mir noch nicht vor, aber ich erwarte keine Überraschungen. Aus welchen Grund fragst du danach?«

»Weil es mich interessieren würde, ob der Mann einen Herzfehler hatte. Denn mit dem Wissen um diese körperliche Schwäche konnte der Mörder sehr wohl davon ausgehen, dass seine Stromfalle die gewünschte Wirkung erzielte.«

»Mmmh«, gab Keller von sich. »Das werde ich klären lassen.« Während er das sagte, machten sich seine Gedanken selbstständig und loteten die Möglichkeit aus, ob Wollschlägers Durchtriebenheit soweit reichte, eine Herzschwäche ins Kalkül zu ziehen und in seinen Racheplan zu integrieren. Das würde nicht nur eine besondere Kaltblütigkeit und Präzision bei der Ausführung der Tat bedeuten, sondern auch ein vorheriges, ausführliches Ausspähen der Zielperson und ihrer Schwächen. Traute er seinem farblosen und introvertierten Untersuchungshäftling die dafür notwendige kriminelle Energie zu? Nein!

»Was machst du denn da?«, rüffelte ihn Doris, als er in Gedanken versunken eine bereits mit Butter beschmierte Scheibe Brot zurück in den Brotkorb legte.

»Was auf den Teller kommt, wird auch gegessen!«, belehrten ihn Kati und Nati im Gleichklang und griffen Opas Vorlage auf, indem sie ihre eigenen Brotscheiben kurzerhand in Diskusscheiben umwandelten, die sie mehr oder weniger zielsicher in Richtung des Korbes schmissen.

»Schluss damit!«, bestimmte Inge, ihre Mutter, und warf ihrem Schwiegervater anstelle der Töchter einen tadelnden Blick zu.

»Entschuldigt bitte«, sagte Keller und schob seinen Stuhl zurück. »Ich muss kurz telefonieren.«

»Aber doch nicht mitten beim Essen!«, beschwerte sich Doris, doch ihre Augen ließen erkennen, dass ihr Protest nur der Form halber erhoben wurde. Sie sah es ihrem Mann nach, dass ihn der Beruf heute nicht losließ.

»Beim Essen steht man nicht auf!«, riefen die Zwillinge, doch selbst das änderte nichts an der Tatsache, dass Konrad Keller keine Ruhe finden würde, bevor er nicht telefoniert hatte.

Er benutzte den Apparat im Schlafzimmer, das gleichzeitig als notdürftiges Arbeitszimmer diente, mit einem schlanken Schreibtisch und leistungsschwachem Computer sowie einem Drucker, dem seit Jahr und Tag eine neue Tintenkartusche fehlte. Er wählte die Nummer des K11 und war erleichtert, Jasmin Stahls Stimme zu hören:

»Gut, dass ich Sie noch erwische«, meldete er sich.

»Ich war gerade im Begriff zu gehen.«

»Fitnessstudio oder Volleyball?«, erkundigte sich Keller pro forma, denn er wusste ja selbst am besten, dass er die Abendpläne seiner Mitarbeiterin in wenigen Sekunden durchkreuzen würde.

»Öh, weder noch. Kino.«

»Tut mir leid, Kollegin. Wir müssen noch einmal ausrücken.«

»Was gibt es denn?«, fragte die Kommissarin und konnte ihren Widerwillen kaum aus ihrer Stimmlage verdrängen.

Keller erklärte ihr, dass er so schnell wie möglich mehr über Wollschlägers mutmaßlichen Racheplan und seine Vorbereitungen dafür in Erfahrung bringen müsste. »Weil wir von ihm selbst nichts herausbekommen werden, da sein Anwalt auf ihm hockt wie eine fette Glucke, müssen wir uns vorerst damit begnügen, uns in seiner Wohnung umzusehen.«

»Das haben bereits die Kollegen erledigt. Sie kennen das Ergebnis«, rief ihm Jasmin Stahl in Erinnerung.

»Das ist mir egal. Ich will mit eigenen Augen sehen, in welchem Umfeld Wollschläger lebte. Ich muss ein Gefühl dafür entwickeln, wie er dachte und handelte. Wir müssen alles noch einmal durchsuchen und auf den Kopf stellen.«

Die Kommissarin stieß ein deutlich vernehmbares Stöhnen aus, bevor sie sagte: »In Ordnung. Soll ich Sie in der Martin-Richter-Straße auflesen?«

»Das wäre nett. Ich warte vor der Tiefgarageneinfahrt. Aber kommen Sie bitte schnell. Ich möchte mir bei der Lausekälte nicht die Füße abfrieren.«

11

Die Wohnung der Wollschlägers befand sich im vierten Stock eines liebevoll gepflegten Siedlerhaus in der Gartenstadt. Eine angenehme Wohngegend, wie Keller meinte, vor allem wegen ihrer zahlreichen grünen Oasen. Doris und er hatten über einen langen Zeitraum hinweg selbst nach einem geeigneten Objekt in diesem Stadtteil gesucht, aber nichts Passendes gefunden. Außerdem störte sie der Autolärm, der bei ungünstigen Wetterlagen von der nahen Südwesttangente herüberschallte.

Keller entfernte das Polizeisiegel und trat gemeinsam mit Jasmin Stahl ein. Wollschlägers Haus entsprach der äußeren Fassade. Die Räume waren mit Parkettboden ausgelegt, die Decken hoch und weiß gekalkt. Die Einrichtung war stilvoll und schlicht. Alles wirkte akkurat und aufgeräumt. Am augenfälligsten empfand Keller die vielen Bilder, in Holzrahmen oder einfach nur hinter Glas, die nahezu jede Wand der geräumigen Wohnung bedeckten. Sie zeigten allesamt das gleiche Motiv, nur aus verschiedenen Blickwinkeln und Jahren: Isabelle, die verstorbene Tochter der Wollschlägers.

»Sie müssen abgöttisch an ihrer Tochter gehangen haben«, merkte Jasmin Stahl an, deren Blick ebenso an der Bildergalerie haftete.

»Welche Eltern tun das nicht?«, meinte Keller.

Die Kommissarin nickte traurig. »Ja, das ist wohl wahr. – Und nun? Wonach suchen wir?«

Das wusste Keller zu diesem Zeitpunkt selbst noch nicht zu sagen. Er ordnete seiner Mitarbeiterin an, sich bei der nochmaligen Durchsuchung der Räume von ihrem Instinkt leiten zu lassen und bei allem Meldung zu machen, was ihr in irgendeiner Weise auffällig erschien.

Doch an Auffälligkeiten mangelte es im Haushalt der Wollschlägers. Keller stieß weder in der Küche, noch im Bad oder dem Schlafzimmer auf Überraschungen oder Dinge, die es nicht auch in jeder anderen Wohnung geben würde. Im Arbeitszimmer ging Keller zunächst eine Reihe von Aktenordnern durch, die Steuerunterlagen, Kaufverträge und Familiendokumente enthielten. Drei prall gefüllte Ordner waren wiederum Tochter Isabelle gewidmet. Während der erste mit Zeugnissen, Sporturkunden und kopierten Schulaufsätzen gefüllt war, umfassten die beiden anderen den Schriftverkehr mit Krankenkasse und Anwaltskanzlei, datiert auf den Zeitraum nach der misslungenen Operation.

Anschließend stellte sich Keller vor das ausladende Bücherregal im Arbeitszimmer und studierte die Titel auf den Buchrücken. Bei den meisten Bänden handelte es sich um Fachliteratur. Die Erkenntnis, dass viele der Sachbücher sich dem Thema Elektrotechnik widmeten, erregte zwar kurzzeitig Kellers Aufmerksamkeit. Doch er musste sich vor Augen halten, dass diese Lektüre in Wollschlägers Berufsbild passte und die Existenz der Bücher allein noch keinen Beweis für die Beteiligung am Stromanschlag im Klinikum lieferte. Keller stöberte noch in einer Fototasche und untersuchte die darin lagernde Spiegelreflexkamera und mehrere Objektive, verlor aber bald das Interesse.

Ein neues Flämmchen der Hoffnung keimte auf, als Jasmin Stahl in einer Abstellkammer auf ein Regal voller Werkzeuge wie Lötkolben und Kneifzangen sowie sorgsam in Körben verstaute Bastelmaterialien für den Hobbyelektroniker stieß.

»Chef!«, rief sie und hielt einen Strang dünner Kabel mit Isolationen und verschiedensten Farben in die Höhe. »Vielleicht hat er hiermit den Bau seiner Stromfalle geübt.«

Keller sah sich die kleine Elektrowerkstatt sorgsam an, schüttelte dann aber den Kopf. »Das sind alles lose Teile. Solange wir nicht wenigstens einen Bauplan des Narkosegeräts finden, den er sich zur Vorbereitung seiner Tat herangezogen hat, können wir ihm nichts nachweisen.«

»Dann sehe ich schwarz. Seinen Computer haben die Kollegen nämlich längst durchforstet und den Browserverlauf verfolgt. Wollschläger hat nicht nach medizinischen Apparaturen gegoogelt, zumindest nicht von seinem eigenen Rechner aus.«

Keller spürte einen Anflug von Missmut, als er die Suche fortsetzte. Bis auf die Kleiderschränke hatten sie innerhalb der nächsten eineinhalb Stunden die komplette Einrichtung auf den Kopf gestellt. Sie hatten Kissen und Matratzen abgeklopft, hinter jedem der insgesamt 78 Bilder nachgesehen, Topfdeckel angehoben und sogar den Inhalt der Tiefkühltruhe inspiziert.

Nichts! Nirgends fanden die beiden auch nur den

kleinsten Hinweis darauf, dass Wollschläger seine Tat oder Taten vorbereitet hatte, dass er recherchiert und Material gesammelt hatte.

»Dann also noch die Kleiderschränke«, spornte er seine Kollegin und sich selbst zum Weitermachen an.

Während sich Keller den Herrenschrank vornahm und zwischen Oberhemden, Krawatten und Feinrippunterwäsche wühlte, tastete Jasmin Stahl Kleider und Blusen ab.

Auch diese letzte Option schien ergebnislos zu verstreichen. Bis Keller sich zum Schluss die Schuhe des Hausherrn vornahm, die Wollschläger säuberlich in ihren Originalkartons lagerte. Während die ersten drei Kartons wie erwartet jeweils ein Paar Herrenschuhe enthielten, wartete die letzte und unterste Box mit einer Offenbarung auf:

»Donnerwetter!«, entfuhr es Keller, als er seiner Kollegin den Inhalt in Form von Fotoabzügen, handschriftlichen Notizen und einzelnen Dokumenten entgegenhielt. »Wie konnten die Kollegen bloß so nachlässig sein und das hier übersehen?«, fragte er zornig und lieferte selbst eine naheliegende Antwort: »Wahrscheinlich haben sie nur in den obersten beiden Kartons nachgeschaut und sich den Rest gespart.«

»Anzunehmen, ja. Kann schon mal passieren im Alltagsstress«, sagte Jasmin Stahl, ging in die Hocke und nahm sich den Inhalt der Kiste vor. Wie bereits seit Betreten der Wohnung trug sie wieder Handschuhe, um keine eigenen Fingerabdrücke zu hinterlassen oder Spuren zu verwischen.

Keller grummelte noch eine Weile vor sich her, war aber erleichtert, endlich auf eine Spur gestoßen zu sein.

Diese Spur erwies sich schon nach einer kurzen, oberflächlichen Sichtung des Materials als sehr heiß: Die Fotos, die Wollschläger offenbar aus größerer Distanz mit seinem Teleobjektiv geschossen hatte, zeigten Personal des Südklinikums. Auf Anhieb erkannte Keller die getötete Krankenschwester, Narkosearzt Dr. Beierlein, Chirurg Dr. Bartels und auch andere Personen wieder, mit denen er im Zuge der Ermittlungen zu tun gehabt hatte. Wollschläger schien sie über mehrere Monate hinweg mit der Kamera verfolgt zu haben. Darauf deuteten auch seine Notizen hin, die jeweils mit Datum versehen waren und Tagesabläufe der Ausgespähten enthielten.

Eine weitere, zunächst unbeachtete Entdeckung ließ seinen Herzschlag für einen winzigen Moment aussetzen: Jasmin Stahl hielt ein Rezept zwischen Daumen und Zeigefinger. Es war ausgestellt auf den Namen Frank Beierlein, wohl unterzeichnet und abgestempelt von dessen Hausarzt, einem Dr. Niederndorfer.

»Ein Rezept für ein verschreibungspflichtiges Herzpräparat«, erklärte die Kommissarin mit leuchtenden Augen. »Wie ist Wollschläger da dran gekommen?«

»Gestohlen? In einem unaufmerksamen Moment entwendet? Vielleicht hat er sich in der Apotheke hinter Beierlein gestellt und zugegriffen, als sich die Gelegenheit bot«, mutmaßte Keller und resümierte zufrieden: »Jedenfalls wissen wir nun, dass Wollschläger seine Opfer ausgekundschaftet und ihre Schwächen ausgelotet hat, bevor er zuschlug. Damit kriegen wir ihn dran! Für mich gibt es keinen Zweifel mehr daran, dass er auch den zweiten Todesfall zu verantworten hat.«

»Wenn er das ganze Ärzteteam so akribisch ausspioniert hat, kann das ja noch heiter werden«, meinte Jasmin Stahl sorgenvoll.

Keller führte seinen Zeigefinger zur Unterlippe und rieb sie grüblerisch. »Auszuschließen ist es nicht.« Er fasste einen Entschluss: »Ich muss noch einmal mit jemandem aus Isabelles OP-Team sprechen. Am besten mit dem Chef der Truppe, dem Chirurgen.«

»Dr. Bartels?« Die Kommissarin sah ihn fragend an. »Aber doch nicht heute Abend?«

»Aber sicher!«, ließ Keller keine Zweifel aufkommen.

12

Dr. Steffen Bartels bewohnte die dritte Etage eines schmucken Appartementblocks am Schmausenbuck, unweit des Tiergartens. Wie Keller mit leise anklingenden Neidgefühlen registrierte, verfügte die hier lebende Klientel über nicht unerhebliche Finanzmittel. Dafür sprach die mondäne Wohnanlage selbst, aber auch der beachtliche Fahrzeugpark, der am Fahrbahnrand abgestellt war: mehrere protzige SUVs, ein Porsche, ein Jaguar. Weitere rollende Reichtümer vermutete er in der Tiefgarage, zu der eine akribisch vom Schnee befreite Einfahrt abwärts führte.

Bartels öffnete nach dem ersten Klingeln. Der groß gewachsene, schlanke Arzt, der leger in hellgrauer Baumwollhose und weit fallendem, weißem Hemd gekleidet war, bat Keller und Jasmin Stahl in seine Wohnung. Er geleitete sie durch einen großen, ebenso zweckmäßig wie elegant eingerichteten Wohnraum mit angeschlossener offener Küche bis zu einer Sitzecke mit schwarzen Designersofas und einem Fernsehsessel, den allein Keller auf einen Wert von zwei seiner Monatsgehälter schätzte. In einem offenen Kamin loderte ein Feuer und verbreitete eine angenehme Wärme.

»Was kann ich für Sie tun?«, fragte Bartels, ließ sich in den Sessel fallen und schlug lässig die Beine übereinander. »Gibt es etwas Neues bei Ihren Ermittlungen?«

Keller brachte den Arzt kurz und sachlich auf den aktuellen Stand, ohne zu viele Details preiszugeben. Bartels hörte sich den Vortrag an, wobei er ruhig und besonnen wirkte, wie ihn Keller vom Tag des ersten Attentats in Erinnerung behalten hatte: jener prekären Situation, als Bartels mitten in der allgemeinen Aufregung Erste Hilfe bei der verletzten Krankenschwester geleistet hatte.

»Mit anderen Worten«, meinte Bartels mit angenehm warmer Stimme, die nach Ansicht von Jasmin Stahl mit seinen dunklen Augen harmonierte, »Sie versuchen, das kriminelle Potenzial des Messerstechers auszuloten. Sie sind drauf und dran, diesen Mann auch für den zweiten Todesfall in die Verantwortung zu nehmen.«

»Ja«, räumte Keller unumwunden ein, »wir können das derzeit nicht beweisen, müssen diese Möglichkeit aber in Betracht ziehen.«

Bartels schmunzelte trotz der Ernsthaftigkeit und der Dramatik ihres Gesprächsstoffs, doch er wirkte dabei nicht überheblich. »Wissen Sie, ich kann diesen Mann – Wollschläger heißt er, ja? – verstehen. Er hat Schlimmes durchgemacht und brauchte ein Ventil, durch das er die aufgestauten Gefühle ablassen konnte. Verstehen Sie mich nicht falsch: Mir liegt es fern, seine Tat oder Taten zu rechtfertigen. Mord ist Mord. Aber seine Motivation kann ich nachempfinden.«

Keller wechselte mit Jasmin Stahl einen kurzen Blick, bevor er feststellte: »Ihnen ist klar, dass es Sie genauso hätte treffen können?«

»Immerhin haben Sie die Operation an der kleinen Isabelle geleitet«, fügte die Kommissarin hinzu.

Bartels schürzte die Lippen, doch von Nervosität oder innerer Anspannung noch immer keine Spur: »Ja, dieser Gedanke ist mir in der Tat auch schon gekommen. Aber sehen Sie, wenn ich derartige Gefühle oder Ängste ernsthaft an mich heranlassen würde, müsste ich meinen Job an den Nagel hängen.« Er legte eine bedeutungsschwere Pause ein, bevor er hinzufügte: »Oder glauben Sie, dass eine Operation immer zu einem glücklichen Ausgang führt? Leider nein. Bei all der modernen Medizintechnik und unserem heutigen Know-how bleiben Verluste wie der von Isabelle nicht aus. Die Trauer,

Verzweiflung und eben manchmal auch Wut der Hinterbliebenen trifft uns Ärzte oft genug. Es gehört – so bitter das klingt – zu unserem Berufsalltag, damit fertig zu werden. Wir sind darauf geschult worden, und meistens gelingt es uns, die Gefühle dieser Menschen zu kanalisieren. Ich sage meistens, nicht immer.«

»Sie behaupten also, dass Wollschlägers Reaktion nur eine Steigerung normalen Verhaltensmusters ist?«, hakte Keller nach.

Bartels wiegte den Kopf. »Das ist etwas vereinfacht ausgedrückt, trifft aber den Kern der Sache.« Er legte beide Hände in den Nacken und spreizte seine Arme ab, während er erklärte: »Isabelle ist an inneren Blutungen gestorben. Die OP an sich lief völlig normal ab, es handelte sich ja um einen oft praktizierten Routineeingriff. Unerwartet kam es dann aber noch im Aufwachraum zu starken Nachblutungen, die erst auffielen, als es bereits zu spät war. Ursache war eine im Vorfeld nicht zu erkennende Gewebeschwäche. Ein sehr tragischer Vorfall, zumal er einem Kind das Leben gekostet hat – aber eine Schuld dafür trägt niemand.«

»Wollschläger sieht das anders«, hielt Jasmin Stahl dem entgegen. »Er hat sogar einen Prozess angestrengt wegen Ärztepfusch.«

Wieder umspielte ein Schmunzeln die Mundwinkel des Arztes. »Er ist damit gescheitert, wie Sie wissen. Es gibt viele Versuche in dieser Richtung, aber kaum einer kommt durch.«

»Weil es tatsächlich keinen Ärztepfusch gibt oder weil die Damen und Herren in Weiß zusammenhalten und sich nicht gegenseitig verpfeifen?«, fragte Jasmin Stahl und merkte im selben Augenblick, dass sie damit übers Ziel hinausgeschossen war.

»Was meine Kollegin andeuten will«, mischte sich Keller eilig ein, »ist die Tatsache, dass wir in jede Richtung ermitteln müssen. Schließlich steht Isabelles Tod ja am Anfang dieser tödlichen Kaskade. Wenn bei der Operation damals etwas nicht korrekt gelaufen ist, müssen wir das wissen.«

Statt mit weiteren Erklärungen darauf einzugehen, änderte Bartels seine Haltung, stellte beide Beine fest auf den Boden und streckte seine Arme aus. Die Hände und jeden einzelnen Finger hielt er dabei ganz gerade.

»Fällt Ihnen etwas auf?«, fragte er.

Keller und Jasmin Stahl sahen erst ihn und dann sich fragend an.

»Achten Sie auf meine Fingerspitzen«, forderte Bartels sie auf.

Jasmin Stahl sah sehr genau hin, bemerkte, wie gepflegt seine Hände, Finger und Nägel waren – und wie ruhig sie an Ort und Stelle verharrten.

»Die ruhigen Hände eines Chirurgen«, bestätigte Bartels ihre Beobachtung. »Ich erfülle meine Aufgabe mit Präzision und Besonnenheit. Mein Selbstanspruch lautet, dass meine Patienten bei mir in guten Händen sein sollen.« Seine Stimme klang hart, als er hinzufügte: »Pfusch ist etwas, das ich zutiefst verabscheue.«

13

Langsam, doch zielstrebig ließ Jochen seine Hand unter ihr zartrosa Seidenoberteil gleiten und neckte seine neue Eroberung mit der Bemerkung, wie steif ihre Brustwarzen seien. Denise entzog sich seinem Streicheln, ging auf einen seiner mit weißem Leder bezogenen Freischwinger zu und schenkte ihm einen Blick, der alles bedeuten konnte: Zuneigung, Ablehnung, Leidenschaft oder Kälte. Sie wartete einen Moment ab, wohl, um seine Reaktion zu sondieren, dann stellte sie den Fuß auf den Stuhl. Der hauchdünne Stoff des Wäschestücks spannte sich über ihrem zierlichen Körper.

»Was machst du?«, fragte Jochen, der auf seinem Sofa lag, ohne Hemd, dafür aber mit einem Glas Champagner in der linken Hand. Er streckte ihr seine Rechte entgegen. »Kommst du zurück?«

Statt zu antworten, begann Denise damit, sich rhythmisch zu bewegen und lasziv ihr Becken kreisen zu lassen. Jochen richtete sich auf, beobachtete seine Gespielin einen Augenblick und leerte sein Glas, während ihre Bewegungen immer intensiver wurden, als ritte sie auf einem unsichtbaren Ross.

Jochens Hormone übernahmen das Kommando über seinen Verstand. Er räumte mit fahrigen Bewegungen den Esstisch ab, an dem beide kurz zuvor Sushi gespeist und Weißwein getrunken hatten. Ohne große Anstrengung hob er Denise hoch und legte sie rücklings auf die

Tischplatte. Er schnappte sich eines der Sofakissen und schob es ihr unter die Hüften.

Denise nickte nur leicht mit dem Kopf und biss sich auf die Unterlippe. Sie zog die Beine an, entblößte damit ihre Oberschenkel. Einen Slip trug sie schon nicht mehr. Jochen sah das weiche Fleisch ihrer Beine, die feinen Schweißperlen auf ihrer Scham. Er beugte sich vor, fühlte ihren heißen Atem ganz dicht an seinem Ohr.

Die Verstimmung war ihr am nächsten Morgen anzumerken, das konnte selbst Jochen nicht negieren, dem nachgesagt wurde, dass er kein besonders gutes Gespür für die Empfindungen weiblicher Wesen hatte. Zumindest, was die nicht körperlichen Angelegenheiten anbelangte. Er musste sich die selbstkritische Frage stellen, ob er Denise überrumpelt und zu früh mit ihr geschlafen hatte.

Doch als sie ihn – kaum wollte er aufstehen und das Frühstück vorbereiten – am Handgelenk packte, zurück ins Bett zog, ihn sich zurechtlegte und sich auf ihn setzte, schmiss er seine Vermutung über den Haufen. Er erfüllte ihren Wunsch nach einer zweiten Runde, genoss es diesmal sogar noch mehr.

Ihr Gesicht, von Erregung und Genuss mit geröteten Wangen, verfiel jedoch gleich darauf erneut in eine seltsame Traurigkeit. Oder war es Besorgnis?

»Stimmt etwas nicht?«, fragte Jochen nun geradeheraus.

Denise antwortete nicht sofort. Sie stand auf, ging durch das Zimmer, wobei Jochen ihre Figur erstmals ganz unverhüllt im Tageslicht bewundern konnte. Sie suchte und fand ihre Handtasche, fingerte nach einer Packung Zigaretten. Sie zündete sich eine Marlboro light an und setzte sich wieder zu ihm.

»Möchtest du auch?«, fragte sie und hielt ihm die Packung hin.

»Danke, nein«, sagte Jochen.

»Weißt du«, begann sie nach mehreren tiefen Zügen. »Ich glaube, ich habe dich gern. Vielleicht könnte ich mich sogar in dich verlieben.«

»Mir geht es ähnlich«, antwortete Jochen und taxierte das fein geschnittene Gesicht seiner Partnerin. »Aber ist das ein Grund, niedergeschlagen zu sein?«

»Nein, nein, sicher nicht«, stellte Denise klar. »Es ist nur ... – Ich möchte nicht, dass du von anderen Leuten bestimmte Dinge über mich erfährst, die dir vielleicht nicht gefallen.«

»Was denn für Dinge?«, wollte Jochen wissen und war ehrlich gespannt darauf, worauf Denise hinauswollte.

Es fiel ihr sichtlich schwer, ihm gegenüber ihr Herz auszuschütten. Sie rauchte die Zigarette bis zum Filter, erst danach gab sie ihr Geheimnis preis: »Es ist kein Zufall gewesen, dass meine Chefin gerade mich als sexy Christmas-Girl vor die Boutique gestellt hat. Ich habe Erfahrungen und weiß, was die Menschen anturnt. Speziell die Männer. Du kannst dir denken, dass mein Gehalt als Verkäuferin nicht gerade üppig ist, deswegen verdiene ich mir schon seit Längerem etwas dazu: Ich trete als Tänzerin in einer Disco auf. Table-Dance und Pole-Dance. Solche Sachen, du weißt schon.« Sie sah ihn an, als würde sie erwarten, dass Jochen sich entrüstet von ihr abwenden würde.

Doch er reagierte anders: Er lachte. Es war ein erleichtertes und befreites Lachen. »War das alles?«, fragte er. »War das deine ganze Beichte? Um ehrlich zu sein, finde ich das nur mäßig skandalös. Ganz im Gegenteil: Das macht es noch reizvoller, mit dir zusammen zu sein«, legte er seine Gedanken offen.

Denise lächelte verkniffen. »Das ist gut, denn bei den meisten Männern hört der Spaß auf, wenn ich sage, dass ich das Tanzen nicht für sie aufgebe.«

»Verstehe. Die Toleranz endet, sobald männliches Besitzdenken die Oberhand gewinnt. Keine Sorge, bei mir kann dir das nicht passieren. Dafür kannst du aber auch nicht allzu viel von mir erwarten: Ich stehe nämlich nicht gerade im Ruf, eine treue Seele zu sein.« Während er das erläuterte, um seinen Standpunkt klarzumachen, merkte er, wie ihre Gedanken schon wieder flüchteten. Nach wie vor lag verzagte Beklommenheit in ihrem Blick. »Gibt es noch etwas anderes, das du mir sagen möchtest?«, fragte er und strich ihr über die Stirn.

»Ja«, antwortete Denise nun ziemlich schnell. »Es betrifft mich allerdings nicht selbst, liegt mir aber am Herzen.« Sie berichtete von einer guten Freundin, Anne. Anne sei ebenfalls in der Table-Dance-Szene unterwegs, aber nicht aus freien Stücken, sondern weil ihr Freund sie dazu dränge. Dieser Freund verlange noch ganz andere Dinge von Anne. Dinge, die Anne nur ihm zuliebe tue. Aus Zuneigung, aber auch weil sie sich vor ihrem Freund fürchte.

Die übliche Mischung aus Liebesentzug und Gewaltandrohung, dachte sich Jochen, während er weiter zuhörte. Dieser ominöse Freund schien mit den Methoden eines Zuhälters zu arbeiten.

»Anne will aussteigen«, berichtete Denise. »Sie hat sich bei mir ausgeheult. Sie ist fix und fertig. Innerlich ist sie längst soweit, dass sie Rolf verlassen will.«

»Rolf heißt er?«, hakte Jochen ein.

»Ja, Rolf. Er ist ein Ekel.« Denises Gesicht verzog sich angewidert. »So ein Macho-Arschloch ist mir nie zuvor begegnet. Aber Anne kommt nicht von ihm los. Sie hat es immer und immer wieder versucht. Doch wenn es drauf ankommt, kippt sie um.«

»Du machst dir Sorgen um deine Freundin, ja?«, erkundigte sich Jochen einfühlsam.

»Ja. Vor allem, weil die beiden jetzt völlig abticken. Es ist kriminell, was sie treiben. Absolut kriminell.«

»Kriminell?« Bei diesem Stichwort läuteten bei Jochen sämtliche Alarmglocken. Denn Spaß am Sex und allen seinen Spielarten war die eine Seite, für die sich Jochen offen und unvoreingenommen gab. Kriminalität aber galt ihm von Kindesbeinen an als der Feind und das Verderben schlechthin. Er war in einem Haus aufgewachsen, in dem das Familienoberhaupt sich der Kriminalitätsbekämpfung verschrieben hatte, mit Haut und Haar. Er hatte seinen Vater stets für seinen unermüdlichen Einsatz bewundert und ihn als Ritter der Gerechtigkeit verehrt, auch wenn er ihm dies spätestens seit seinem 15. Lebensjahr nicht mehr gesagt hatte. Doch seine Aversion gegen Gesetzesverstöße jedweder Art hatte sich bis heute gehalten. »Worauf willst du hinaus?«, fragte er eindringlich.

»Anne arbeitet im Hauptberuf als Krankenschwester im Südklinikum«, kam Denise endlich auf den Punkt. »In der Chirurgie. Dort, wo sich die beiden Todesfälle ereignet haben, von denen gerade so viel in der Zeitung steht.«

Jochen sah sie erwartungsvoll an. »Rede bitte weiter: Hat deine Freundin beziehungsweise ihr Freund Rolf etwas mit diesen Todesfällen zu tun?«

»Nicht direkt, wahrscheinlich«, wich Denise aus. »Ich weiß nichts darüber, habe aber ein schlechtes Gefühl.«

»Mmmh.« Jochen stützte sein Kinn auf seine verschränkten Finger. »Kannst du nicht etwas konkreter werden?«

»Eben nicht«, sagte Denise und klang verzweifelt. »Anne rückt mit nichts raus. Ich weiß nur, dass sie seit den beiden Todesfällen total aufgeschreckt ist und sich Sorgen um Rolf macht. Anstatt froh zu sein, dass er in Schwierigkeiten steckt! Sie sollte ihn endlich in die Hölle schicken!«

»Denise«, sagte Jochen sanft und eindringlich zugleich. Er griff nach ihren Händen. »Warum erzählst du mir das? Weil du dich ausquatschen willst und in mir einen Vertrauten siehst?« Er legte eine rhetorische Pause ein. »Oder weil du weißt, dass mein Vater bei der Kripo ist? Weil du möchtest, dass ich ihm einen Tipp gebe?«

Denises Finger bildeten in Jochens Händen eine Faust. »Ja und nein«, rang sie sich ab. »Kannst du deinen Vater auf diese Spur bringen, ohne Anne zu verraten?« Sie sah ihn aus großen Augen an. »Und ohne *mich* zu verraten?«

14

Die Schlichtheit seines Büros und das weitgehende Fehlen persönlicher Gegenstände und Bilder hatte Konrad Keller stets daran gemahnt, dass es einen wichtigen Unterschied zwischen Arbeit und Privatleben gab und dass er beides nicht vermischen wollte. Ihm war es ein Gräuel, wie einige Kollegen aus ihren Diensträumen ein heimeliges Wohnzimmer machten und sich damit vorzugaukeln versuchten, dass das Präsidium eine Art zweites Zuhause sein konnte. Nein, Keller stand für eine klare Trennung zwischen Dienst und Freizeit ein – weshalb ihm die unerwartete Verschönerung seines Büros eher erzürnte anstatt zu freuen.

Während er unter dem Beifall einer ganzen Schar gut gelaunter Ermittler den Raum betrat, fuhren seine Blicke die Wände ab, die von oben bis unten mit grellbunten Seiten aus Reiseprospekten behängt waren. Fotos von Palmenstränden, Bikinimädchen und Pools mit azurblauem Wasser sprangen ihn an, über seiner Schreibtischlampe hing hawaiianischer Blumenschmuck, auf dem Fußboden hatte ein Witzbold feinen weißen Sand verstreut. Vom Fensterbrett dröhnten aus einem CD-Player italienische Schlager in ohrenbetäubender Lautstärke.

Dass Polizeiobermeister Brunner, als Partyhengst verschrien, ein schrilles Hemd in Karibikfarben über seiner Uniform trug, wunderte Keller nicht sonderlich. Wohl aber, dass Jasmin Stahl ein Baströckchen über ihre Jeans gezogen hatte und einen ausgelassenen Tanz andeutete.

»Glückwunsch, Chef!« Sie legte ihm, ganz ungewohnt, ihre Arme um den Hals und küsste ihn auf beide Wangen. »Heute Abend haben Sie es geschafft. Dann sind Sie ein freier Mann!«

Keller wurde von der Wucht der Erkenntnis dermaßen stark getroffen, dass er sich geradezu panisch von der Kommissarin löste und zwei Schritte zurücktaumelte. Sollte heute schon sein letzter Arbeitstag sein? Der allerletzte? Hatte er diese Tatsache so sehr verdrängt, dass er den Termin aus seinem inneren Kalender gestrichen und vollständig verbannt hatte? Doch ein Blick auf das Kalenderblatt an der Wand führte ihm unmissverständlich vor Augen, dass sein Ausscheiden ein nicht länger zu leugnendes Faktum war.

»Sie wollten sich wohl still und leise aus dem Staub machen, was?«, stichelte Brunner und grinste feist.

»Nichts da. Kommt nicht in Frage!«

Während sich Keller, noch immer leicht verstört, im Kreise der Mitarbeiter umsah, kam ihm siedend heiß die Erkenntnis, dass er keinerlei Vorkehrungen für ein Ausstandsfest getroffen hatte. Er war am heutigen Tag im wahrsten Sinne des Wortes mit leeren Händen zur Arbeit gekommen.

Jasmin Stahl erkannte den Unmut ihres Vorgesetzten und befreite ihn von seinen Sorgen, indem sie einer bereitstehenden Kollegin einen Wink gab. Diese öffnete die Tür zum Nebenzimmer. Keller erhaschte, abermals völlig überrascht, einen Blick auf zwei zusammengeschobene Schreibtische, auf denen Tabletts mit Partyhäppchen und Salatschüsseln standen. Daneben stapelten sich Getränkekästen.

»Ihre Frau hat alles Nötige veranlasst«, raunte Jasmin ihm zu und gab ihm mit einem auffordernden Zwinkern zu verstehen, er möge seine Scheu ablegen und in die Feierlaune der anderen einstimmen.

»Also gut«, gab sich Keller einen Ruck, nahm sich eine Flasche alkoholfreies Bier aus einem der Kästen und verkündete: »Das Büfett ist eröffnet!«

Mit Abschiedskarten und einem Fotoalbum, das wichtige Stationen seiner Karriere ebenso enthielt wie verwackelte Bilder von lange zurückliegenden Betriebsausflügen, drückten Kellers berufliche Weggefährten ihm ihre Verbundenheit und Wertschätzung aus. Das ging ihm nahe, mehr als ihm lieb war. Besonders große Freude bereitete ihm ein mit Schleifchen und Luftballons verzierter Werkzeugkoffer, mit original VW-Werkzeug, maßgeschneidert für seinen T1.

»Danke«, sagte er und spürte zu seinem Befremden, wie sich eine Träne aus dem Augenwinkel löste.

Es ging hoch her im K11, und irgendwie gewann Keller den Eindruck, dass trotz des Alkoholverbots im Dienst auch Flaschen mit hochprozentigem Inhalt die Runde machten. Sicherheitshalber wollte er deshalb die Tür zum Flur schließen. Als er die Klinke schon in der Hand hielt, bemerkte er einen weiteren Gast, der es offenbar vorzog, draußen zu bleiben:

»Schnelleisen?«, fragte Keller. »Warum treten Sie nicht ein? Kommen Sie, feiern Sie mit uns!« Er wollte den hochgewachsenen Mann bereits in der Armbeuge fassen und mit in die Partyrunde einführen, doch der sträubte sich. Erst jetzt sah Keller einen zweiten Mann, der dicht an der Wand stand und mit einem Schraubenzieher hantierte: Es handelte sich um Herrn Jankowsky, den Hausmeister.

»Tut mir leid«, sagte Schnelleisen. »Ich habe keine Zeit zum Feiern.«

»Das sehe ich«, gab Keller argwöhnisch zurück. »Sie müssen Herrn Jankowsky bei der Arbeit beaufsichtigen. – Was tut er denn da?«

Schnelleisen räusperte sich, bevor er antwortete. »Herr Jankowsky wechselt das Namensschild aus. Sie brauchen es ja nicht mehr in Ihren letzten Stunden.«

Innerlich hoch verärgert und mit zusammengebissenen Zähnen brachte Keller die Abschiedsparty mit gezwungenem Lächeln hinter sich und drückte jedem einzelnen seiner Gäste seinen großen Dank aus. Kaum hatte sich sein Büro geleert, bat er Jasmin Stahl, das Baströckchen abzulegen.

»Wir haben heute noch einiges vor«, kündigte er der

leicht beschwipsten Kommissarin an. »Besorgen Sie Wollschlägers Schuhkarton aus den Asservaten. Wir fahren noch einmal in die Mannertstraße.«

Mit schwer zu zügelnder Ungeduld wartete Keller das Eintreffen von Dr. Raabe ab. Der beleibte Anwalt schien die Ruhe in Person zu sein, als er im Verhörraum der Justizvollzugsanstalt mit beinahe provokanter Gemächlichkeit seine Akten ausbreitete.

Während Raabe alle Zeit der Welt zu haben schien, brannte es Keller unter den Nägeln, sodass er die Prozedur abkürzte. Kaum wurde der Untersuchungshäftling vorgeführt und hatte Platz genommen, ließ sich Keller von Jasmin Stahl den in Wollschlägers Wohnung sichergestellten Karton aushändigen. Er nahm den Deckel ab und stürzte den Inhalt mit einem Schwung auf die Tischplatte. Fotos und Notizen flogen wild durcheinander.

»Was sagen Sie dazu, Herr Wollschläger?«, fragte Keller mit deutlich hörbarer Aggressivität in der Stimme.

Tatverdächtiger und Anwalt machten gleichermaßen große Augen. Während Wollschläger Unverständliches zu stottern begann, fasste sich Raabe schnell wieder und stellte klar: »Sie hätten mich über die Existenz neuer Beweismittel unverzüglich in Kenntnis setzen müssen , Herr Keller!«

»Das tue ich hiermit«, gab Keller zurück, ohne mit der Wimper zu zucken.

»So geht das nicht. Das verstößt gegen jede Regel.« Der dicke Anwalt lief puterrot an. »Sie können meinen Klienten nicht dermaßen überrumpeln!«

»Seine Opfer wurden von ihm auch überrumpelt«, rückte Keller den Sachverhalt zurecht. »Und dass es niemand anderes als Wollschläger war, der hinter den Taten steckte, steht spätestens seit Auftauchen dieser Beweismittel fest.«

Jasmin Stahl übernahm den Part, Anwalt und Häftling über die genaueren Umstände aufzuklären, wie und wo sie auf den Karton mit seinem brisanten Inhalt gestoßen waren und benannte das gestohlene Rezept als entscheidenden Hinweis auf Wollschlägers Täterschaft.

»Sie müssen dazu gar nichts sagen«, empfahl Raabe daraufhin seinem Klienten. »Vorher sollten wir noch einmal unter vier Augen reden.«

Doch Wollschläger, totenbleich, setzte zu einer Erklärung an: »Das war ich nicht«, sagte er stockend.

»Was waren Sie nicht?«, fragte Keller streng. »Ich bitte Sie, Herr Wollschläger: Ich habe Sie selbst mit dem blutigen Messer in der Hand erwischt! Es ist zwecklos zu leugnen.«

»Nein, das meine ich nicht«, sagte Wollschläger leise. »Der zweite Tote – mit dem habe ich nichts zu tun.«

»Sie wussten um die Herzschwäche von Dr. Beierlein«, hielt ihm Jasmin Stahl vor Augen. »Und Sie verfügen über die Kenntnisse, ein Narkosegerät zu manipulieren.«

»Trotzdem«, entgegnete Wollschläger nun mit mehr Nachdruck. »Den Tod dieses Arztes können Sie mir nicht anhängen. Ich bin es nicht gewesen.«

»Herr Wollschläger«, sagte die Kommissarin nun mit

ruhigerem Ton. »Die Beweislast gegen Sie ist erdrückend. Wenn Sie jetzt gestehen, kann sich das vor Gericht mildernd für Sie auswirken.«

»Diese Bewertung überlassen Sie bitte mir, junge Frau«, schaltete sich Raabe wieder ein. »Ich untersage Ihnen die Versuche, meinen Klienten suggestiv zu beeinflussen.«

»Sie untersagen uns gar nichts!«, redete Keller Tacheles. »Wenn Herr Wollschläger eine Aussage zu machen hat, werden Sie ihn nicht daran hindern.«

Raabe hob schnaubend zu einer Widerrede an, ließ es aber bleiben, als Wollschläger erneut das Wort ergriff:

»Ich bleibe bei allem, was ich in den ersten Verhören gesagt habe. Aber dieser neue Todesfall ... – Nein und nochmals nein. Ich bin nicht der, nach dem Sie suchen.«

15

Sein Vater war nicht in seinem Büro. Das bekam Jochen vom Pförtner zu hören, der hinter einer Panzerglasscheibe im Eingangsbereich des Präsidiums saß. Man erwarte ihn aber gegen Mittag zurück, erfuhr Jochen. Daraufhin probierte er es mit dem Handy, doch sein Vater hatte seines offenbar abgeschaltet. Nur die Mailbox meldete sich. Jochen hinterließ eine Nachricht:

»Hallo, ich bin's: Jochen. Hast du Lust, die Mittagspause mit mir zu verbringen? Wir können einen Bagel im ›Mr.BLECK‹ am Weißen Turm essen, oder wir gehen runter in die Sushi Bar im U 1. Meld dich einfach. Ich warte vorm Präsidium.«

Das Warten wurde Jochen durch die an seinen Beinen emporkletternde Kälte ebenso erschwert wie durch seine innere Unruhe, die von einem Unbehagen wegen des bevorstehenden Gesprächs genährt wurde. Denn ganz wohl war ihm nicht bei dem Gedanken daran, als Informant für die Polizei tätig zu werden – selbst wenn es sich hier um Vater und Sohn handelte.

Normalerweise verwendete er Informationen dieser Güteklasse zuallererst als Grundlage für eine Recherche, um daraus einen Artikel für seine Zeitung zu verfassen. Wenn es noch dazu um ein Kapitalverbrechen ging, eine Mordsache, dann versprach ihm ein Informationsvorsprung vor der Polizei die Anerkennung seiner Kollegen, Lob vom Chef, viele zusätzlich verkaufte Zeitungen und somit einen Prestigezuwachs als Journalist. Für seine Karrierepläne wäre das wie frisches Öl fürs Getriebe, es liefe wie geschmiert.

Aber leider hatte er – ganz gegen seine Überzeugung – Denise in die Hand versprochen, ihren Verdacht seinem Vater weiterzutragen und keine Zeitungsstory daraus zu machen. Wäre er seinem ersten Impuls gefolgt, hätte er sich diese strippende Krankenschwester erst einmal selbst vorgeknöpft und erst danach seinen Vater in Kenntnis gesetzt. Doch er wollte das Vertrauen von Denise nicht enttäuschen, denn sie bedeutete mehr für ihn als nur ein neues Bettverhältnis.

»Na, junger Mann, ganz in Gedanken versunken?«

Jochen schreckte auf, als er sich einem schmalen Mann im dunklen Wintermantel gegenüber sah, auf dessen Hutkrempe sich dicke weiße Schneeflocken sammelten. »Daddy?«, fragte er überflüssigerweise und drückte seinen Vater zur Begrüßung fest an sich. »Schön, dass du dir Zeit nimmst.«

»Schön, dass *du* dir Zeit nimmst«, konterte Konrad Keller. »Soviel ich weiß, ist das das erste Mal seit – lass mich schätzen – gefühlten fünf Jahren, dass du mit mir Mittag machen willst. Hast wohl auch spitzgekriegt, dass heute mein letzter Tag ist, was?«

»Nein«, sagte Jochen verdutzt. »Nein, wirklich … – Ist es schon so weit? Ich dachte, du hättest noch ein paar Wochen.«

»Habe ich nicht. Aber mach dir nichts draus: Ich war genauso überrascht wie du, als ich heute früh ins Büro kam und mein Nachfolger die Namensschilder auswechseln ließ.«

Keller senior entschied sich für Bagels statt Sushi, sodass sie wenig später an einem Tisch mit Blick auf eine mit Puderschnee gezuckerte, weitläufige Brunnenanlage, vom Volksmund Ehekarussell getauft, saßen. Jochen spürte, dass seinem Vater nicht der Sinn nach Smalltalk stand und sparte sich deshalb unnötiges Herumgerede. Kaum hatten sie ihre Bagels verspeist, berichtete Jochen von Krankenschwester Anne und der vagen Möglichkeit, dass sie und ihr Freund Rolf etwas mit den Todesfällen im Südklinikum zu tun haben könnten. Da er seine Quelle nicht von sich aus nannte, hakte sein Vater nicht nach. Denn er respektierte den grundgesetzlich verankerten Informantenschutz der Presse. Die persönliche Meinung seines Sohnes interessierte ihn aber trotzdem:

»Taugt diese Information etwas?«

Jochen rieb sich das Kinn. »Ich glaube ja. Wenigstens solltest du der Spur nachgehen.«

»Na, dann schieß los: Was kannst du für Details bieten?«

»Ich fürchte, nur sehr wenige: Angeblich sollen Anne und Rolf einiges am Laufen haben, was nicht legal ist. Wie es heißt, missbrauchen sie Annes Befugnisse als Krankenschwester, um mit Medikamenten zu dealen.«

»Darin erkenne ich aber keinen Zusammenhang zu den Morden«, drängte Keller seinen Sohn, noch konkreter zu werden.

»Das mit den Medikamenten ist nicht alles. Sie treiben wohl auch ein lukratives Spielchen, indem sie Kollegen und Patienten ausspionieren und aus ihren Erkenntnissen Gewinn schlagen.«

»Das verstehe ich nicht. Wie soll das funktionieren?«

»Genauer kann ich es dir nicht sagen. Ich habe lediglich erfahren, dass sie sich dafür bezahlen lassen, Informationen über Personen innerhalb des Klinikums zu beschaffen und zu verkaufen.«

»Was macht das für einen Sinn? Wer zahlt für solche Informationen?«

»Ich weiß es doch selbst nicht, Daddy. Versicherungsagenten vielleicht, die sich gewisse Aufschlüsse über ihre Kundschaft erhoffen. Oder über bestimmte Ärzte und das Verwaltungspersonal, das für die Abrechnungen zuständig ist? Im Medizin-Business geht es schließlich ums große Geld, wie dir bekannt sein dürfte.«

»Trotzdem«, gab sich Keller zurückhaltend, »ich kann den Zusammenhang zu meinen Fällen nicht sehen. Es sei denn, das Pärchen hat auch Informationen für unseren Mörder beschafft. Hältst du das für wahrscheinlich?«

Jochen wirkte unschlüssig: »Das kann ich nicht beurteilen, aber es ist immerhin eine Möglichkeit«, sagte er schließlich zögerlich.

»Für mich klingt in deiner Antwort ein leiser Zweifel mit. Stammt der Tipp wohl von einem neuen Informanten? Keiner deiner üblichen Spezis?«, wollte Keller nun doch wissen.

Jochen bemühte sich um einen aufgeräumten Gesichtsausdruck, um sich nicht zu verraten. »Ja, von einem Neuen«, beschränkte er sich bei seiner Antwort aufs Nötigste.

Doch seinen Vater konnte er nicht täuschen. Schmunzelnd fragte Keller: »Kann es sein, dass der neue Informant eine Informantin ist?«

Jochen knetete nervös seine Hände. »Können wir es nicht einfach dabei bewenden lassen, dass ich nichts über meine Quelle preisgebe?«

»Selbstverständlich«, sagte Keller ohne jedes Zögern und bedankte sich bei seinem Sohn für dessen Hinweis.

Einen weiteren Bagel, einen mit Lachs und Meerrettichcreme, hatte er sich einpacken lassen und ihn Jasmin Stahl in die Hand gedrückt. Die Kommissarin war gerade auf dem Weg in die Kantine, als Keller sie abpasste und hinaus in den Innenhof des Präsidiums führte. Sie stiegen in den grauen Audi A4 des K11 und passierten das drei Meter hohe und von dreieckigen Zacken gekrönte Stahltor zur Schlotfegergasse. Erst, als sie unterwegs waren, setzte Keller seine Mitarbeiterin ins Bild.

»Obwohl Sie von Wollschlägers Schuld überzeugt sind, wollen Sie eine zweite Fährte aufnehmen?«, fragte die Kommissarin verwundert. Denn es entsprach nicht der Art ihres Chefs, seine Überzeugung auf die Schnelle zu ändern. Es brauchte Zeit und Ausdauer, um Keller umzustimmen, wenn er sich etwas in den Kopf gesetzt hatte. Andererseits: Keller blieb nicht mehr viel Zeit, um seinen allerletzten Fall zu lösen. Daher musste er sich geradezu genötigt fühlen, seine üblichen Pfade zu verlassen und Neuland zu betreten, um einen schnellen Erfolg zu erzielen.

»An meiner Überzeugung, dass Wollschläger unser Mann ist, hat sich nichts geändert: Er hat auch Dr. Beierlein auf dem Gewissen. Die Frage lautet nur: Wie hat er das angestellt? Darauf haben wir bisher keine vernünftige Antwort gefunden. Daher können wir es uns nicht leisten, einen Tipp unbeachtet zu lassen«, stellte Keller klar. »Wir müssen abklopfen, wer von den Spitzeldiensten der Krankenschwester profitiert hat. Ob es eventuell Wollschläger selbst war, der ihr Geld für den ein oder anderen Tipp gab. Selbst wenn sich die Spur als kalt erweist, erfahren wir von dieser Schwester Anne eventuell etwas Brauchbares über die Umstände, die dazu führten, dass die Operation an Wollschlägers Tochter gescheitert ist. Wer weiß?«

Jasmin Stahl hegte Zweifel am Sinn dieser Aktion, traute sich aber nicht, die Quelle ihres Chefs zu hinterfragen. Sie fügte sich still in ihr Schicksal. Und wenn sie bedachte, an wessen Seite sie demnächst arbeiten würde, empfand sie die Verpflichtungen des heutigen Tages sogar als höchst angenehm.

16

Anne Petrowsky wies nach Kellers Empfinden eine frappante Ähnlichkeit mit Angelina Jolie auf, doch ließ sie das Charisma des Hollywoodstars vermissen und reagierte aufgeschreckt, ja, geradezu verängstigt, als die beiden Kriminalbeamten ihr ihre Ausweise zeigten.

»Können wir uns ungestört unterhalten?«, fragte Jasmin Stahl, woraufhin Anne sie wortlos in die Teeküche der Station geleitete. Dort angekommen wandte sie sich zielstrebig einem Getränkeautomaten zu, warf eine Münze ein und drückte auf die Auswahltaste.

»Wir kommen vom Kommissariat 11, Mordkommission«, machte Keller deutlich, der das desinteressiert scheue Verhalten der jungen Frau schwer einordnen konnte.

»Wir ermitteln im Todesfall Dr. Beierlein«, ergänzte Jasmin Stahl.

Anne Petrowsky vermied noch immer den Blickkontakt zu den Beamten und schien sich vollkommen darauf zu konzentrieren, die in einen Plastikbecher sprudelnde Cola zu beobachten.

»Uns ist zu Ohren gekommen, dass Sie eventuell über Informationen verfügen, die uns bei unseren Ermittlungen weiterhelfen können«, unternahm Keller einen vorsichtigen Einstieg in sein Verhör.

Die hübsche Krankenschwester antwortete nicht. Stattdessen nahm sie den Becher aus dem Automaten und hielt ihn Jasmin Stahl entgegen. »Halten Sie mal?«, fragte sie freundlich.

Ehe die Kommissarin begriff, was vor sich ging, nahm sie den Becher mit instinktiver Bewegung an. Im selben Moment holte Anne Petrowsky mit dem nun freien rechten Arm aus und hub ihre Faust in den Magen des völlig überrumpelten Keller. Mit flinkem Ausfallschritt schlüpfte sie zwischen den beiden hindurch und rannte in den Flur.

Während Keller vornübergebeugt schnaufte und fluchte, ließ Jasmin Stahl den Colabecher fallen und spurtete der Flüchtigen hinterher. Doch die andere war verflucht schnell! Bevor die Kommissarin genügend Tempo gewonnen hatte, verschwand Anne Petrowsky hinter der nächsten Ecke. Jasmin Stahl setzte alles daran, schneller zu laufen. Aber anscheinend hatte sie in der ebenso sportlichen Anne ihre Meisterin gefunden.

Nach der nächsten Abzweigung mündete der Flur in einem Foyer, das von Blumenrabatten, Sitzecken und verstreut herumstehenden Patienten mit Gehwagen, rollenden Infusionsständern oder Krücken gefüllt war. Anne Petrowsky nutzte die Anordnung für ein Hindernislaufen, in dem sie eindeutig die Nase vorn hatte. Jasmin Stahl fiel zurück, nachdem sie über den Gips eines Rentners gestolpert war, der unversehens seine Beine ausgestreckt hatte. Sie rappelte sich wieder auf, orientierte sich und fand Anne am anderen Ende des Foyers neben einem Aufzug wieder.

Im wilden Zickzack rannte die Kommissarin zwischen den Patienten hindurch auf die Flüchtige zu. Doch sie erkannte schon aus fünf oder sechs Metern Entfernung, dass sie zu spät ankommen würde. Denn die Krankenschwester stand bereits im Lift, dessen silbermatte Türen sich mit leisem Surren zu schließen begannen.

»Sch …!« Jasmin Stahl riss sich zusammen, als sie einen kleinen Jungen mit Kopfverband neben sich bemerkte, der die um Atem ringende Kommissarin argwöhnisch ansah.

Als sich Konrad Keller von dem kleinen Schock erholt hatte und wieder atmen konnte, begab er sich auf kürzestem Weg über die Feuertreppe ins Untergeschoss und steuerte ohne Umweg die Lifte am Haupteingang an. Die Chance, dass er die Krankenschwester hier erwischen würde, stand zwar eins zu 20 oder mehr, doch ihm blieb nicht die Zeit, über weitere Optionen nachzudenken.

Unmittelbar vor den Aufzugtüren baute er sich auf, die Beine leicht gespreizt, halb verdeckt durch einen Springbrunnen. Zweimal öffneten sich die Fahrstuhltüren, doch es kamen ihm unbekannte Klinikumbeschäftigte, Patienten und Besucher entgegen. Als sich die dritte Lifttür öffnete, atmete er auf: Anne Petrowsky hetzte aus der Kabine, sah sich hektisch nach allen Richtungen um und machte Anstalten, das Gebäude durch das Hauptportal zu verlassen.

Diesmal hatte Keller das Überraschungsmoment auf seiner Seite. Mit einem ausholenden Schritt stellte er sich ihr in den Weg und bekam sie am Oberarm zu packen.

Zehn Minuten später befanden sich Keller, Jasmin Stahl und Krankenschwester Anne abermals in der Teeküche. Das Ebenbild von Angelina Jolie wirkte nun noch verzweifelter und eingeschüchterter als zuvor.

»Was wollen Sie von mir?«, fragte sie mit heiserer Stimme. »Dürfen Sie mich überhaupt mit Gewalt festhalten? Haben Sie ein Recht dazu?«

»Gewalt?« Keller fuhr sich mit der flachen Hand über seine Glatze. »Wir möchten Ihnen nur ein paar Fragen stellen. Ihre Pflicht als Staatsbürgerin ist es, sich diese Fragen anzuhören. Von Gewalt kann da gar keine Rede sein.«

Anne schob den Ärmel ihres Schwesternkittels zurück. »Sehen Sie das? Druckstellen, aus denen ein paar fiese blaue Flecken werden! Die habe ich von Ihnen, Sie brutaler Bulle!«

»Erst Widerstand gegen die Staatsgewalt und jetzt Beamtenbeleidigung – das reicht aus, um Sie mit aufs Revier zu nehmen«, machte Jasmin Stahl deutlich.

»Wir können aber auch wie zivilisierte Menschen miteinander umgehen und damit aufhören, uns gegenseitig zu drohen und zu misstrauen«, beschwichtigte Keller. Nun sprach er die Krankenschwester direkt an: »Frau Petrowsky, bitte sagen Sie uns die Wahrheit. Stimmt es, dass Sie und Ihr Freund Hintergründe über die beiden Todesfälle kennen, die Sie den Ermittlungsbehörden vorenthalten?«

Anne schüttelte energisch den Kopf. »Nein, ich weiß gar nichts. *Wir* wissen gar nichts!«

»Ist es denn nicht zutreffend, dass Ihnen die Herzschwäche von Dr. Beierlein bekannt war?«, fragte Jasmin Stahl.

»Herzschwäche? Ich wusste überhaupt nichts Persönliches von Beierlein. Er war einer meiner Chefs, das ist alles«, sagte Anne rotzig.

»Wirklich nichts?«, zweifelte Keller an. »Trifft es nicht eher zu, dass Sie Beierleins Schwachpunkte gezielt ausgekundschaftet haben? Vielleicht, um daraus Kapital zu schlagen?«

»Wie meinen Sie das?« Annes Augen bildeten jetzt zwei schmale Schlitze.

»Gegenfrage: Was verdient man denn so als Krankenschwester?«, warf Jasmin Stahl in die Runde.

Weil Anne nicht antwortete, übernahm dies Keller:

»Zu viel, um zu sterben, aber zu wenig, um zu leben, richtig?«

»Da kommt ein kleines Zubrot gerade recht«, meinte die Kommissarin. »Vor allem, wenn es so leicht zu verdienen ist.«

»Ich weiß nicht, wovon Sie reden«, gab Anne aggressiv zurück.

»Dann hören Sie sich meine Theorie an«, sagte Keller und beugte sich zu ihr vor. »Ich denke, dass Ihnen ein gewisser Herr – kürzen wir seinen Nachnamen erst einmal mit dem Buchstaben W ab – eine gewisse Summe Geld dafür geboten hat, dass Sie Dr. Beierlein ausgekundschaftet und W. zu einem späteren Zeitpunkt in die Chirurgie eingeschleust haben.«

»Was?« Anne machte große Augen.

Keller nickte langsam und sah sie intensiv an. »Sie haben einem Mörder in die Hände gespielt, indem sie ihm die notwendigen Interna für die Ausführung seiner Taten geliefert haben.«

»Aber ... – Aber, nein!« Anne sprang auf und sah die anderen entsetzt an.

Ehe Keller nachfassen konnte, betrat ein Mann die Teeküche. Seiner Kleidung nach zu urteilen, handelte es sich ebenfalls um einen Beschäftigten. Er war groß, muskulös, trug den Kittel eines Pflegers. Seinen kantigen Schädel schmückte eine platinblond gefärbte Stoppelfrisur.

»Was geht ab?« Sein Ton war ebenso resolut wie unsympathisch.

Keller zückte seinen Dienstausweis. »Kripo Nürnberg. Wir führen ein Verhör durch. Bitte behindern Sie uns nicht bei unserer Arbeit.«

»Verhör?«, dröhnte der Bodybuilder. »Ohne Anwalt fragen Sie meiner Freundin keine Löcher in den Bauch. Kommt gar nicht in Frage!« Er stellte sich zwischen Anne und die Ermittler. »Oder haben Sie uns etwas vorzuwerfen? Dann mal raus damit! Ich bin gespannt, welches Verbrechen Sie meiner Süßen anhängen wollen.«

»Machen Sie uns keine Schwierigkeiten«, drohte Jasmin Stahl ihm, wusste aber, dass er mit seinem Hinweis auf den Anwalt das Recht auf seiner Seite hatte.

»Und ob!«, beharrte der Muskelmann. »Verschwinden Sie, wenn Sie nichts in der Hand haben! Leben wir etwa in einem Polizeistaat?«

Keller sah die Kommissarin an und gab ihr mit einem Blick zu verstehen, dass er zum Rückzug blasen würde. Vorerst.

17

Es gehörte zur Natur der Dinge, dass sich die Zeit nicht aufhalten ließ. Auch wenn Konrad Keller diesen Tag bis zum Überquellen mit Aktionismus gefüllt hatte und sich einbildete, seinen letzten Fall in den wenigen ihm verbliebenen Stunden abschließen zu können, wich diese unrealistische Hoffnung spätestens mit Büroschluss der bitteren Realität: Der letzte, wirklich allerletzte Arbeitstag als Polizist neigte sich dem unwiderruflichen Ende zu. Obwohl es für ihn doch noch so viel zu tun gegeben hätte, musste Keller einsehen, dass seine Dienste nicht länger gewünscht wurden. Er war ab sofort Pensionär, Rentner, altes Eisen.

Mit dem überschaubaren Inhalt seiner Schreibtischschublade in einer Plastiktüte und dem Reisegutschein der Kollegen in der Jackentasche trottete Keller nach Hause. Statt, wie meist, mit der Straßenbahn zu fahren, zog Keller den Fußmarsch vor und wählte einen weitschweifigen Umweg, vorbei an Kaiserburg und Universität. Die kalte Luft und der Schnee, der nun wieder in dicken Flocken vom Himmel fiel, kühlten seine innere Glut, die dieser bewegende Tag in ihm geschürt hatte.

In Erwartung eines ruhigen Abends an der Seite von Doris öffnete er die Wohnungstür. Mehr als verblüfft trat er zwei Schritte zurück, als ihn anstelle seiner Frau die komplette Großfamilie begrüßte, überschwänglich, mit geballter Energie.

Die Zwillinge schnappten sich seine Beine, klammerten sich fest an ihn. Sophie beugte sich über die Kleinen hinweg, um ihren Vater herzlich und druckvoll in die Arme zu schließen. Jochen schoss Fotos, während Burkhard im Hintergrund mit einer Küchenkelle jonglierte. Doris und Inge schnatterten munter drauf los und auf ihn ein, während Hauskatze Maus aufgeregt miaute.

Seine Familie hatte es sich nicht nehmen lassen, ganz groß aufzufahren. Wie am Morgen schon sein Büro, war auch die Wohnung dekoriert. Burkhard, der nicht nur begnadete Hände beim Heilen von Kleintieren hatte, sondern auch einen mehr als passablen Koch abgab, hatte ein internationales Büfett zusammengestellt, angefangen mit spanischen Tapas bis hin zu deftig würzigen Balkanspezialitäten.

Das Reisen und der Ruf der Ferne zog sich wie ein unsichtbarer roter Faden durch die Ausgestaltung des Familienabends – und Konrad Keller dachte mit aufkeimendem schlechten Gewissen an den schleppenden Fortschritt der VW Bus-Restaurierung.

»Bin ich endlich auch mal an der Reihe?«, fragte Doris mit gespieltem Vorwurf, als Keller für einen Moment frei von Kindern und Enkeln im Wohnzimmer stand. Seine Frau küsste ihn auf den Mund und ließ ihre Hände bei der Umarmung an seinen Seiten entlang fahren, als wollte sie ihn abtasten.

»Suchst du etwas?«, erkundigte sich Konrad leicht verwundert.

»Ich wollte nur sichergehen, dass du sie wirklich abgegeben hast«, raunte Doris ihm zu.

»Du meinst ... – Glaubst du ernsthaft, ich würde meine Dienstwaffe mit in den Ruhestand nehmen? Das dürfte ich gar nicht.«

»Man weiß ja nie«, meinte seine Frau augenzwinkernd. »Da wir schon beim Thema sind: Ich finde, dein altes Gewehr vom Schützenverein hat in unserer Wohnung auch nichts mehr verloren. Wir sollten unsere vier Wände zur waffenfreien Zone erklären.«

»Mein altes Gewehr?« Konrad hatte die Sportwaffe,

die in einer Truhe im Schlafzimmer weggesperrt war, so lange nicht angerührt, dass er sie beinahe aus seinem Gedächtnis gestrichen hätte. »Wenn du meinst. Ich werde sie wohl nicht mehr brauchen.«

»Ja, lass uns alles aussperren, was mit Verbrechen und Gewalt zu tun hat«, bat Doris. »Ich habe schon mal ein wenig Vorarbeit geleistet und einen Umzugskarton mit dem Gewehr und all dem Zubehör gefüllt. Wir können es bei einem Waffenhändler in Zahlung geben. Lädst du mir den Karton bei Gelegenheit in den Kofferraum?«

Immer langsam, wollte Konrad ihr antworten, doch er kam nicht mehr dazu, denn Kati und Nati schickten sich an, ihren Opa zurückzuerobern, und starteten einen lautstarken Frontalangriff.

Das Familienfest wandelte sich zur Familienparty, als Jochen sein iPhone an die elterliche Stereoanlage anstöpselte und die Charts rauf- und runterspielen ließ. Sophie war die Erste, die dazu tanzte, gefolgt von den Zwillingen und schließlich auch Inge und Doris. Burkhard hielt sich diskret im Hintergrund und machte sich an der Zubereitung des Nachtisches zu schaffen.

Beinahe hätte Konrad das Schellen des Telefons überhört, denn Jochens Privatdisco erreichte eine beachtliche Dezibelzahl. Konrad schnappte sich das Handteil und flüchtete ins Badezimmer, um dem Anrufer eine Chance zu geben, sich verständig zu machen.

»Keller«, meldete er sich und rechnete mit einem seiner Freunde oder Bekannten, der ihm alles Gute zum Ruhestand wünschen wollte.

»Stahl«, antwortete stattdessen die Kommissarin.

»Sie?« Konrad Keller fiel auf Anhieb keinerlei Grund dafür ein, warum die Kollegin – oder Ex-Kollegin – ihn anrief. Jetzt, nachdem er draußen war und nicht mehr zur Truppe gehörte. »Was gibt's denn? Vermissen Sie mich etwa schon?«

»Schnelleisen wird mir den Kopf abreißen, wenn er von diesem Anruf erfährt, aber offiziell sind Sie ja noch bis Mitternacht im Amt, oder?«

Keller sah reflexartig auf seine Armbanduhr. Es war 22 Uhr durch. »Meinen Dienstausweis habe ich schon abgegeben«, antwortete er ausweichend.

»Ja? Sei's drum! Ich wollte Ihnen nicht vorenthalten, dass es einen dritten Todesfall gab: Krankenschwester Anne hatte auf dem Heimweg vom Klinikum einen tödlichen Verkehrsunfall.«

»Was?« Keller nahm den Hörer vom Ohr und hielt ihn auf Abstand. Für den Augenblick fassungslos starrte er aufs Telefon. Dann vergewisserte er sich: »Anne? Die Tabledancerin?«

»Ja«, bestätigte Jasmin Stahl. »Laut den Kollegen von der Schupo ist sie auf abschüssiger Fahrbahn ungebremst gegen einen Brückenpfeiler geknallt.«

»Ein Unfall ...«, sagte Keller grüblerisch. »War Rolf bei ihr?«

»Nein, sie saß allein im Wagen. Aber ich werde mir das sicherheitshalber selbst ansehen«, kam es energisch durch den Hörer. »Was ist, Chef, kommen Sie mit raus?«

»Sie meinen, ich sollte dabei sein?«, fragte Keller in untypischer Zurückhaltung.

»Ja, meine ich«, antwortete die Anruferin ohne jedes Zaudern. »Es sei denn, Sie haben etwas Besseres vor.«

Keller dachte an seine Familie, die im Wohnzimmer seinen Ausstand feierte. Diese Familie war sein Ein und Alles, der unumstrittene Mittelpunkt seines neuen Lebens als Ruheständler.

Doch er konnte nicht anders: »Selbstverständlich bin ich dabei! Wo genau hat sich der Unfall ereignet?«

18

Keller, der kurz, bündig und ohne Gegenfragen zu erlauben seine vorübergehende Abwesenheit erklärt und sich die Wagenschlüssel für den Opel Corsa seiner Frau genommen hatte, musste die schmerzliche Erfahrung machen, dass es ohne ein Blaulicht auf dem Dach kein Entkommen aus einem Stau gab. Dieser hatte sich bereits etliche hundert Meter vor dem Celtistunnel gebildet, dem Ziel seines abendlichen Ausflugs.

Er parkte den Corsa verkehrswidrig auf einem Gehsteig in Hauptbahnhofnähe, wofür er sich garantiert ein Knöllchen einhandeln würde, um zu Fuß weiter bis zum Unfallort zu gelangen.

Der breite, schlecht beleuchtete Eisenbahntunnel war zu beiden Seiten abgesperrt worden. Am anderen Ende der von mattschwarzen Stahlsäulen getragenen Unterführung sah er eine Armada von Rettungswagen, die sich um ein dampfendes Autowrack versammelt hatte. Er bückte sich unter einem Absperrband hindurch und ging auf den Unfallort zu.

»Halt, stopp!« Ein korpulenter Uniformierter stellte sich ihm in den Weg. »Hier geht es nicht weiter. Polizeisperrung. Bitte nehmen Sie einen anderen Weg.« Das bärbeißige Gesicht des Schutzpolizisten nahm devote Züge an, als der Beamte seinen Irrtum erkannte: »Ach, Sie sind das. Ich habe Sie in der Dunkelheit nicht gleich erkannt. Gehen Sie durch, bitte. Ihre Kollegin wartet schon.«

Keller ließ sich seine Genugtuung und innere Freude über diese vielleicht letzte Ehrerweisung eines ehemals Untergebenen nicht anmerken und setzte kommentarlos seinen Weg fort.

Schon beim Näherkommen musste er feststellen, dass sich der Unfallwagen nicht mehr im Ursprungszustand befand, sondern mithilfe eines Krans einige Meter vom Brückenpfeiler entfernt auf den vom Eis glitzernden Asphalt gehoben worden war. Das Dach fehlte, und die sauberen Schnitte an den Dachholmen verrieten Keller, dass die Feuerwehr hier bereits ganze Arbeit geleistet hatte, um an das Opfer zu gelangen. Auch um es selbst in Augenschein nehmen zu können, hatte Keller zu lange bis zum Unfallort gebraucht: Der Leichnam der jungen Frau lag bereits in einem grauen Metallsarg, der etwas abseits auf dem Gehweg stand.

»Wie es aussieht, kann ich nichts mehr ausrichten«, sagte er leicht frustriert, als Jasmin Stahl hinter dem

Wrack auftauchte und mit schnellen Schritten auf ihn zukam. »Auf verwertbare Spuren können wir hier bestimmt nicht mehr hoffen.«

»Im Gegenteil, Chef, im Gegenteil!« Die Kommissarin grinste breit.

Keller fiel erst beim näheren Hinsehen ihr ölverschmiertes Gesicht auf. Auch ihre Kleidung wies deutliche Spuren von Straßenschmutz und Schmierstoffen auf. »Haben Sie nachgesehen, ob das Reifenprofil noch okay war?«, fragte er mit leiser Ironie, denn er konnte sich beim besten Willen nicht vorstellen, dass die Kollegin bei diesem Schummerlicht und ohne die Ausrüstung der Polizeitechnik etwas herausfinden konnte.

»Die Reifen waren okay, soweit ich das noch beurteilen kann. Denn sie sind angesichts der Wucht des Aufpralls geplatzt.«

»Was haben Sie sonst entdeckt?«, wollte Keller nun doch wissen, denn das Grinsen im Gesicht der Kommissarin hielt sich hartnäckig.

Jasmin Stahl zeigte ihm ein Stück Schlauch, das sie bis eben hinter ihrem Rücken verborgen hatte. »Die Bremsleitungen«, warf sie ihm ein Stichwort an den Kopf.

»Was ist mit den Bremsleitungen? Hat sie jemand angeschnitten, sodass die Bremsflüssigkeit auslief? Soll das der Grund für die ungebremste Fahrt in den Pfeiler gewesen sein?«

»Ja und nein«, schränkte Jasmin Stahl ein. »Jemand hat sich an dem Bremssystem des Autos zu schaffen gemacht, dafür gibt es eindeutige Anzeichen. Und ehe Sie fragen: Es war bestimmt kein Marder.«

»Sondern?«

»Es war jemand mit Köpfchen am Werk. Die Eingriffe, die ich auf die Schnelle feststellen konnte, wurden an mehreren Punkten vorgenommen und sind jeweils nur marginal.«

»Das heißt?«, bohrte Keller nach mehr Details.

»Keine dieser Manipulationen konnte allein das Bremssystem lahmlegen. Erst ein Zusammenspiel all der kleinen inszenierten Defekte löste den Kollaps der Bremsanlage aus. Unter Umständen ist Krankenschwester Anne schon seit Wochen mit den präparierten Bremsleitungen durch die Gegend gefahren, ohne etwas davon zu merken. Sie saß quasi auf einer rollenden Zeitbombe.«

Keller ließ die Worte der Kollegin auf sich wirken, wobei sein Gesichtsausdruck verbissene Züge annahm.

»Ich ahne, was in Ihnen vorgeht«, sagte Jasmin Stahl leise. »Als ich Ihnen den Bremsschlauch gezeigt habe, dachten Sie an den Freund von Anne. Dass er sie vielleicht loswerden wollte, damit sie ihn nicht mit irgendwelchen unbedachten Aussagen belastete.«

»Für einen kurzen Moment kam mir der Gedanke, ja«, räumte Keller ein. »Doch nun taucht vor meinem geistigen Auge einmal mehr Wollschläger auf – wie eine böse Erscheinung, die unaufhaltsam und überall ihr Unwesen treibt.«

»Oh, wie philosophisch«, meinte Jasmin Stahl. »Leider ist sogar etwas dran: Wollschläger hätte es tatsächlich gewesen sein können. Denn es ist möglich, dass die

Veränderungen am Bremssystem vor seiner Verhaftung vorgenommen wurden.«

Keller stampfte kräftig mit dem Fuß auf die Straße. »So ein Sch …!«

»Kein Grund zum Fluchen«, wollte Jasmin Stahl seinen Ärger über ihre gemeinsame Mutmaßung mildern, doch dann folgte sie seinem Blick und erkannte, worauf sich sein Fluch wirklich bezog.

Mit ausladenden Schritten, wehendem Mantel und flankiert von zwei Schutzpolizisten eilte Polizeihauptkommissar Winfried Schnelleisen auf sie zu. Seine Stimme kam einem Donnergrollen gleich: »Was hat *der* hier zu suchen?« Seine Frage richtete er an Jasmin Stahl, während er seinen langen Zeigefinger wie ein aufgepflanztes Bajonett nach Keller ausstreckte.

»Frau Stahl und ich nehmen Ermittlungen vor«, antwortete Keller an ihrer Stelle und blieb äußerlich ruhig, obwohl es in ihm brodelte.

Schnelleisens Finger kam noch näher und drohte sich in Kellers Brust zu bohren. »Sie, werter Herr Keller, nehmen überhaupt keine Ermittlungen mehr vor. Wir haben Sie heute in den Ruhestand geschickt, schon vergessen?«

Keller schob den angriffslustigen Finger des anderen beiseite. »Das offizielle Ende meiner Dienstzeit ist erst um null Uhr. Bis dahin habe ich das Recht und die Pflicht, meinen Aufgaben als Kriminalbeamter nachzukommen.«

Schnelleisen wirkte für den Augenblick konsterniert. Er blieb sprachlos, doch nur, bis er den Ärmel seines

Mantels zurückgeschoben und auf seine Armbanduhr gesehen hatte. Mit boshaftem Frohlocken verkündete er: »Wenn das so ist, sollten Sie Ihre allerletzte Minute als Bulle genießen. Wir haben gleich Mitternacht.« Er nickte den beiden Uniformierten neben sich zu, die sich daraufhin neben Keller in Position brachten.

»Schon gut«, gab Keller bissig von sich. »Bei mir können Sie auf Handschellen verzichten. Ich räume freiwillig das Feld. Aber lassen Sie Ihre schlechte Laune nicht an Kollegin Stahl aus, Schnelleisen. Sie kann nichts dafür, dass ich mich eingemischt habe.« Er hoffte, der Kommissarin mit dieser Bemerkung einen Gefallen getan zu haben, konnte aber nicht sicher sein, ob Schnelleisen ihm glaubte. Wahrscheinlich würde er Jasmin Stahl dafür bluten lassen, dass Keller an diesem neuen Tatort herumschnüffeln durfte.

19

Sehr spät fand Konrad Keller in den Schlaf, und als er aufwachte, stellte er mit einem Blick auf den Radiowecker dankbar fest, dass Doris ihn hatte ausschlafen lassen: fast 10 Uhr. Eine ganz untypisch späte Aufstehzeit für Keller. Doch nun, als Rentner, durfte er es sich wohl erlauben.

Im Flur empfing ihn ein köstlicher Duft nach Toast und frisch aufgebrühtem Kaffee. Doris hatte sich selbst darin übertroffen, ihm einen schönen ersten Morgen im Ruhestand zu gestalten, denn sie hatte den Küchentisch mit neuen Servietten und einer Kerze dekoriert und ihm sogar die Tageszeitung an seinen Platz gelegt.

»Danke, Liebes«, sagte er schmunzelnd, als er sich im Morgenmantel zu ihr setzte. »Werde ich ab jetzt immer so verwöhnt?«

»Wenn du dich gut führst, dann vielleicht«, sagte Doris und reichte ihm den Brotkorb.

Keller bestrich sich sein Toast mit Butter und Hagebuttenmarmelade. Er biss appetitvoll hinein, nahm einen großen Schluck Kaffee und sah seine Frau erwartungsvoll an. Wollte sie denn gar nicht wissen, warum er gestern Nacht so lange fort gewesen war?

Offensichtlich nicht. Doris begann eine Konversation über Burkhard und wollte von ihrem Mann wissen, ob er nicht auch manchmal das Gefühl habe, ihr Mittlerer würde sich mit Familie und Praxis auf die Dauer übernehmen. Konrad verneinte und wies auf Burkhards doch eher phlegmatische Art hin: Er ruhe in sich selbst, mehr als beide anderen Kinder zusammen, und selbst wenn er mit seiner Kleintierpraxis in den Anfangsjahren viel um die Ohren habe, werde ihn das ganz bestimmt nicht umhauen. Zumal seine Frau Inge die Zwillinge ja gut im Griff habe und sie Burkhard auch bei den Abrechnungen und dem sonstigen Buchführungskram helfe.

Beim zweiten Toast sprachen sie über Sophie und ihre Ambitionen, in der unsicheren Welt der Schauspielerei Fuß fassen zu wollen. Und beim dritten Toast kam Doris auf ihr Lieblingsthema: Urlaub!

Doch ehe Konrad in die Verlegenheit gebracht wurde, den aktuellen, nicht gerade begeisternden Zustand des VW Busses zu erklären, unterbrach sie mal wieder das Telefon. Mit einem Blick auf das Display erkannte Konrad die Handynummer von Jasmin Stahl.

»Entschuldige«, sagte er zu seiner Frau und sprach in den Hörer: »Hallo. Warum rufen Sie mich mit Ihrem Handy an und nicht aus dem Büro?«

Die Kommissarin klang eingeschüchtert, als sie erklärte: »Weil ich Ihnen das Folgende nur privat erzählen werde.«

»Ich hoffe, es handelt sich nicht um Dienstgeheimnisse«, unterbrach Keller sie. »Ich möchte nicht, dass Sie meinetwegen noch mehr Schwierigkeiten bekommen.«

»Pension hin oder her: Das war Ihr Fall. Sie sollen erfahren, wie es weitergeht. Und keine Sorge, ich kann mich gut allein wehren.«

»Schießen Sie los!«, forderte Keller sie mit leichtem Unbehagen auf.

»Schnelleisen hat aus meinen Untersuchungen dieselben Schlüsse gezogen wie wir. Er hat Wollschläger noch in der Nacht verhört.«

»Wie hat er das durchgekriegt? Dr. Raabe dürfte vor Ärger im Karree gesprungen sein.«

»Schnelleisen hat Gefahr in Verzug geltend gemacht.

Das muss der Neid ihm lassen: Wenn er sich an etwas festgebissen hat, lässt er nicht mehr los. Da ist er wie ein Kampfhund. Es ist ihm gelungen, Wollschläger weich zu klopfen.«

»Hoffentlich nicht im wahrsten Sinne des Wortes.«

»Wohl kaum. Aber zimperlich ist er nicht vorgegangen«, schilderte Jasmin Stahl. »Fakt ist: Wollschläger hat nach anfänglichem Leugnen alles eingestanden. Die Messerattacke ja sowieso, das ist nichts Neues. Diesmal hat er sich aber auch als Urheber der Stromfalle am Narkosegerät und als Saboteur an Annes Auto geoutet. Kurz und gut: Er ist tatsächlich unser Mann! Der von Rache verblendete Vater, der eine tückische Mordserie ausgetüftelt hat, die selbst dann noch funktioniert, wenn er im Knast sitzt.«

»Kaum zu glauben«, äußerte Keller spontan, denn die neue Nachricht traf ihn mit großer Wucht. – Schnelleisen, sein gerade erst gekürter Nachfolger, hatte mit einem einzigen Verhör den Fall gelöst, an dem sich Keller zuletzt die Zähne ausgebissen hatte. War Keller etwa zu weich gewesen? Hatte er zu sehr vor der Macht der Anwälte gekuscht? Selbstzweifel nagten an seinem Ehrgefühl. »Was passiert als Nächstes?«, fragte er, nachdem er den Schock einigermaßen verdaut hatte.

»Wollschlägers Aussagen müssen natürlich überprüft werden. Aber wichtiger noch ist es jetzt, die letzten beiden Überlebenden aus dem OP-Team auf Wollschlägers Abschussliste zu schützen. Denn wir wissen nicht, ob Wollschläger nicht auch für diese beiden Kandidaten Todesfallen vorbereitet hat.«

»Dr. Bartels, der Chirurg«, begann Keller aufzuzählen.

»Und Krankenpfleger Rolf, der Freund von Anne«, führte die Kommissarin den Satz zu Ende. »Denn er war als Pflegekraft ebenfalls mit von der Partie.«

Keller horchte überrascht auf, fragte: »Das sind die beiden Letzten, ja?«

»Richtig. Wir haben schon versucht, Kontakt mit ihnen aufzunehmen. Aber Rolf ist nicht aufzutreiben. Zur Arbeit ist er heute früh nicht erschienen, bei ihm zu Hause geht keiner ans Telefon. Eine Streife ist bereits dorthin unterwegs.«

»Oh, Mist. Und der Arzt?«

»Bartels? Der steht in seinem OP, mimt den Coolen und will nichts von Polizeischutz wissen. Ich glaube, der ganze Rummel geht ihm tierisch auf die Nerven. Schnelleisen lässt jetzt prüfen, ob wir ihm auch gegen seinen Willen Personenschutz aufdrücken können.«

»Verdammt, verdammt«, murmelte Keller. »Ich hätte nie gedacht, dass Wollschläger so weit gehen würde. Mein Mitleid für ihn war wohl unangebracht. Ich habe – so hart das ist – auf ganzer Linie versagt.«

»Sagen Sie das nicht. Wir alle haben zu spät reagiert, als es darum ging, weitere Morde zu verhindern. Uns fehlten die notwendigen Informationen, um ahnen zu können, was noch auf uns zukommen würde.« Mit einem aufmunternd geflöteten »Kopf hoch, Chef!« verabschiedete sich Jasmin Stahl und beendete das Telefonat.

Gedankenversunken blieb Keller sitzen und starrte auf den Telefonhörer in seiner Hand.

Er spürte die Wärme, die von der Hand seiner Frau ausging, als sie ihm zärtlich über den Arm strich. Er hatte ihre Anwesenheit während des Telefonats völlig ausgeblendet. Nun sah er sie schuldbewusst an.

Doris fing seinen Blick auf und erwiderte ihn mit einem verständnisvollen Lächeln. »Es fällt schwer aufzuhören nach all den Jahren, richtig?«

Richtig, dachte Konrad. Unendlich schwer.

20

Welche Rolle spielte das Nürnberger Gefängnis im Fall Wollschläger? Diese Frage beschäftigte Keller immer wieder und wuchs dabei in ihrer Bedeutung von Mal zu Mal weiter an. Was wusste er eigentlich über den Knast, in den er schon so viele kleine und große Ganoven gebracht hatte? Keller rief sich ins Gedächtnis, was ihm wichtig erschien:

Die Anfänge machte der sogenannte Sternbau, der nach einer Bauzeit von drei Jahren 1868 eröffnet wurde. Von den ursprünglich fünf Flügeln standen heute allerdings nur noch zwei, und auch diese waren mittlerweile stillgelegt. Ein Flügel behielt jedoch seine Einrichtung und konnte im Notfall wieder in Betrieb genommen werden, zum Beispiel bei Massenfestnahmen nach Ausschreitungen bei Fußballspielen oder Demos. Da der

Platz schon um die Jahrhundertwende knapp geworden war, wurde 1900 mit dem Bau der U-Haft begonnen – dem Gebäudeteil, in dem Wollschläger einsaß. Dieser Trakt wurde 1972 noch einmal immens erweitert und verfügte seitdem über Zellen für fast 1.200 Gefangene. Die Nürnberger JVA galt somit als zweitgrößtes Gefängnis Bayerns.

Was wusste Keller noch? Die Vollzugsanstalt gliederte sich in U-Haft, Strafhaft sowie Frauengefängnis mit Jugendarrest. Eine Besonderheit in Nürnberg war die Nähe zum Gericht: Von der U-Haft aus bestand sogar ein Tunnel, der bis in den Schwurgerichtssaal führte. Ob sich Wollenschläger dieses Tunnelsystem zunutze gemacht hatte, um heimliche Ausflüge aus seiner Zelle zu unternehmen?

Aber wie sollte er das bewerkstelligt haben? Denn immerhin sorgten rund 300 uniformierte Bedienstete für Recht und Ordnung hinter der Gefängnismauer. Dazu kamen Werkdienstkollegen, Verwaltungsdienstler, Krankenpfleger sowie Mitarbeiter der Fachdienste. Es erschien Keller als unmöglich, unter den wachsamen Augen so vieler Menschen einfach zu verschwinden.

Nein, nein, dachte Keller. Wenn er dieser Spur ernsthaft folgen wollte, musste er einen Fachmann zu Rate ziehen. Einen, der den Knast kannte wie sein eigenes Zuhause.

Das schlechte Gewissen seiner Frau gegenüber begleitete ihn, als Konrad Keller sich gegen Mittag auf den Weg ins Bratwursthäusle machte. Die urige Gaststätte, in gemütlicher Nischenlage eingekeilt zwischen Altem Rathaus und Sebalduskirche, gab seines Erachtens nach den passenden Treffpunkt für eine Zusammenkunft mit Klaus-Dieter Strobel ab. Denn das rustikale Lokal, in dem Tischgruppen rund um einen ausladenden Grill angeordnet waren, wirkte dank dezenter Beleuchtung nicht nur heimelig, sondern auch konspirativ. Da Strobel ganz sicher kein gesteigertes Interesse daran hatte, gemeinsam mit Keller in der Öffentlichkeit gesehen zu werden, bot sich ihnen im Bratwursthäusle die Möglichkeit, sich in eine dunkle Ecke zu setzen, die stadtbesten Bratwürste mit Kren zu genießen – und zu reden.

Erfreulicherweise hatte Strobel ohne jedes Zögern zugesagt, als Keller ihn telefonisch um die Zusammenkunft gebeten hatte. Als er eintraf und sich in dem Gasthaus umsah, wartete Strobel bereits auf ihn.

»Konrad!«, rief der stämmige Mann mit kurzgeschorenen, grauen Haaren und einem von tiefen Falten durchzogenen Altherrengesicht. »Hat es dich endlich auch erwischt!«

Die etwa gleichgroßen Männer schüttelten sich die Hand und setzten sich einander gegenüber. An Strobels Platz stand bereits ein halb geleerter Weizenbierkelch. »Ja, ich bin in Rente«, sagte Keller, der gleich wusste, worauf der andere mit seiner Begrüßungsfloskel angespielt hatte.

Beide musterten sich für den Augenblick forschend und eine Spur misstrauisch, bevor Strobel feststellte: »Damit ist die Zeit deiner hinterhältigen Unterstellungen endlich auch vorüber, ja?«

Keller konnte den noch immer nicht besänftigten Zorn seines Gesprächspartners nachempfinden. Obwohl Strobel schon seit fast sechs Jahren Rente bezog, nagten Kellers Vorhaltungen aus alten Zeiten nach wie vor an ihm.

»Ich habe dir nie etwas unterstellt«, rückte Keller das Bild zurecht, »sondern lediglich meinen Job gemacht. Wenn in deinem Knast mit Drogen gedealt wurde und Häftlinge in ihren Zellen ihr Leben gelassen haben, mussten wir ermitteln, das versteht sich von selbst.«

»Meine JVA ist nie eine Musteranstalt gewesen«, antwortete Strobel und hob den Ton, »aber ich habe immer versucht, sie anständig zu führen und meinen Jungs eine Chance zu geben für ihr späteres Leben.«

»Nur leider wurden deine guten Absichten oft genug ausgenutzt – und an dir blieb der ganze Ärger dann hängen«, sagte Keller dem ehemaligen Leiter der Nürnberger Justizvollzugsanstalt offen ins Gesicht.

Besonders in Erinnerung geblieben war ihm der Fall eines erst 21-jährigen Häftlings: Zwei Insassen hatten den Notrufknopf gedrückt, Wachleute den Notarzt alarmiert. Doch jede Hilfe kam zu spät: Der junge Gefangene starb in seiner Zelle an einer Überdosis Heroin. Wie sich bei den polizeilichen Ermittlungen herausstellte, hatte eine Bekannte das Rauschgift ins Gefängnis geschmuggelt, indem sie das Päckchen für den Häftling in der Toilette deponierte. Strobel ließ daraufhin getrennte Klos für Besucher und Häftlinge einbauen. Doch seine Schützlinge fanden andere Wege, um an Stoff zu gelangen, ihre Kreativität kannte keine Grenzen: Zwar wurden wattierte Briefumschläge vom Wachpersonal gefiltzt, das hielt einen findigen Kurier aber nicht davon ab, LSD unter den Briefmarken zu platzieren. Andere Dealer warfen ihre Ware, mit Laub oder Gras getarnt, während des Freigangs der Gefangenen einfach über die Mauern.

»Wenn du auf das Drogenproblem anspielst«, sagte Strobel, »das haben die jetzt im Griff. Meine Nachfolgerin hat die Videoüberwachung aufgestockt, und den Rest erledigt Basco, der gefängniseigene Rauschgiftspürhund.«

»Trotzdem kommt es immer mal wieder zu Todesfällen, die verhindert werden könnten, wenn die Schmuggelwege in und aus dem Knast geschlossen werden würden«, hielt Keller dem entgegen.

Strobel sah ihn streng an: »Was willst du, Keller? Du weißt genauso gut wie ich, dass es ein sauberes Gefängnis niemals geben wird. Höchstens auf Kosten der Resozialisierung, das heißt: kein Besuch, kein Freigang, keine berufliche Wiedereingliederung.«

Konrad Keller wusste sehr genau, was sein alter Freund und gelegentlicher Widersacher meinte. Doch gerade in seinem letzten Fall vermutete er in den durchlässigen Mauern der JVA ein ernsthaftes Problem. Nachdem sie ihre Bestellung aufgegeben hatten, weihte er den ehemaligen JVA-Leiter in den Fall Wollschläger ein und berichtete darüber, dass die Mordserie munter weitergehe, obwohl der Täter längst hinter Gittern sitze.

Strobel hörte voller Konzentration zu, wobei die

Furchen seiner Falten sich noch tiefer in seine lederne Haut einzugraben schienen.

»Du nimmst an, dass dieser Wollschläger vom Gefängnis aus weitermacht und einen Mord nach dem anderen einfädelt?«

Keller deutete ein Nicken an. »Entweder, er hat vor seiner Verhaftung alles vorbereitet oder aber findet einen Weg, um von seiner Zelle aus zu handeln und das Nötige zu veranlassen. Eine andere Möglichkeit sehe ich derzeit jedenfalls nicht. Was sagst du als Knast-Insider dazu?«

Über Strobels ernstes Gesicht fiel ein Schatten, als er sich zurücklehnte. »Vorstellbar ist alles. Häftlinge mit Lockerungen, die die Anstalt stundenweise verlassen oder Hafturlaub nehmen dürfen, werden von Mitgefangenen unter Druck gesetzt, etwas mitzubringen oder etwas für sie zu erledigen. Auch Besucher und manchmal sogar Anwälte lassen sich zu illegalen Handlungen einspannen, das hat es alles schon gegeben.«

Keller musste unwillkürlich an den fetten Advokaten Dr. Raabe denken. »Du hältst es für denkbar, dass Wollschläger von der JVA aus die Aufträge für Morde erteilt?«

Strobel winkte ab. »Denkbar? Ja. Aber es erscheint mir doch für zu weit hergeholt. Dann müsste er noch als freier Mann einen Killer angeheuert und im Voraus bezahlt haben, dem er von der Zelle aus nur noch sein Okay für den nächsten Schlag gibt.« Er schüttelte den Kopf. »Nein, in dieser Vermutung möchte ich dich nicht bestärken. Zumal Wollschläger ja in Untersuchungshaft bei uns sitzt. Du weißt doch: Die U-Häftlinge sind besonders abgeschirmt und nicht in den Gefängnisalltag integriert. Dein Wollschläger muss sich sein Netzwerk erst mühsam aufbauen, bevor er es nutzen kann.«

»Kennst du sonstige Schwachstellen in der JVA, die Wollschläger nutzen könnte?«, vergewisserte sich Keller.

Strobel freute sich, als eine Kellnerin im Dirndl die bestellten Bratwurstteller servierte und sagte: »Ich kenne beziehungsweise kannte viele Schwachstellen. Aber keine ist dafür geeignet, dir beziehungsweise deinen Nachfolgern die Arbeit abzunehmen. Ich fürchte, du musst die Methoden deines Killers an einem anderen Ort aufdecken. Die JVA ist ganz gewiss nicht die Kommandozelle deines Serientäters. Ein Neuling kann da drin nicht schalten und walten, wie er will. Keinesfalls.«

»Dann bleibt nur die Alternative, dass er seinen ganzen Plan vorher Schritt für Schritt vorbereitet und umgesetzt hat«, meinte Keller grüblerisch.

Strobel spießte sich zwei Würstchen auf einmal auf die Gabel, tauchte sie tief in den schaumweißen Meerrettich und sagte: »Was kümmert's dich? Du bist Ruheständler! Überlass die Sache JVA-Leiterin Frau Schäfer-Riegel und dem neuen Mann im K11 – wie heißt er doch gleich?«

»Schnelleisen«, antwortete Keller, wobei ihm beinahe der Appetit auf die rösch gebratenen Würstchen verging.

21

Doris sagte kein Wort, doch ihre Blicke sprachen Bände. Konrad Keller, der am nächsten Vormittag auf der Eckbank in der Küche ihrer Wohnung saß und pro forma durch die Tageszeitung blätterte, ohne sie zu lesen, interpretierte Fragen und Vorwürfe in die Mimik seiner Frau:

»Was ist los mit dir? Warum wirkst du so abwesend? Du sitzt hier in der Küche, bist in Wahrheit aber ganz woanders. Im Präsidium, nehme ich an. Kannst dich einfach nicht lösen. Gefällt es dir zuhause denn gar nicht? Freust du dich nicht, endlich mehr Zeit an meiner Seite verbringen zu können? Hängt dein Leben wirklich nur an Kriminalfällen, und die Familie ist dir egal?«

Keller legte seufzend die Zeitung beiseite. »Doris«, sagte er mit schwerem Herzen. »Ich weiß, was in dir vorgeht.«

Doris, die gerade damit beschäftigt war, die Geschirrspülmaschine auszuräumen, stellte zwei Kaffeetassen beiseite und sah zu ihm herüber. »Ach, ja? Was denn?«

Keller stand auf, ging zu ihr und griff nach ihrer Hand. »Du hältst mich für undankbar. Du glaubst, ich könnte mich nicht auf meinen Ruhestand einlassen und würde die Vorzüge meines neuen Lebens nicht erkennen und würdigen.«

Doris lächelte mild. »Mein lieber Konrad, was du

bloß wieder denkst.« Sie löste mit sanfter Geste ihre Hand und machte sich daran, den Rest des Geschirrs auszuräumen.

»Ich sehe doch, wie du guckst«, erklärte sich Keller. »Das macht mir ein schlechtes Gewissen.«

Doris lachte herzlich. »Das solltest du auch haben! Denn wenn du meine Gedanken richtig gelesen hättest, wüsstest du, dass du mir im Haushalt ruhig ein wenig mehr helfen könntest.« Sie stapelte Suppenteller aufeinander und verstaute sie in einem Schrank.

»Helfen?«, fragte Keller überrascht. »Dir geht es ums Helfen?«

»Ja, sicher!« Doris sah ihn auffordernd an. »Zum Beispiel könntest du mit dem Aufzug in den Keller fahren und die Wäsche umladen.«

»Umladen?«

»Von der Waschmaschine in den Trockner.«

»Ach so. Ja. Das könnte ich«, sagte Keller kleinlaut.

»Und danach«, knüpfte Doris in resolutem Tonfall an, sodass sich Konrad sogleich weitere Aufgaben ausmalen konnte, wie etwa den Müll herauszutragen oder Getränkekästen aus dem Wagen in der Tiefgarage hochzuholen. Doch Doris wäre nicht Doris, wenn es ihr nicht gelingen würde, ihn immer wieder zu überraschen: »Und danach gehst du zu deinem Kumpel Uwe. Ich merke doch, dass du unter Strom stehst und heute noch etwas für dein Ego tun musst. Vielleicht hilft es ja, wenn du ein bisschen an unserem VW-Bus herumschraubst.«

Keller, der selbst nicht auf diese Idee gekommen wäre, blickte sie dankbar an. »Ein guter Vorschlag. Ich mache mich gleich auf den Weg!«

Er strebte bereits der Garderobe entgegen, als ihm Doris hinterher rief: »Aber erst noch in den Wäschekeller. Nicht vergessen!«

Uwe hatte sich nicht lange bitten lassen, sodass beide fast gleichzeitig in ihrem Werkstattschuppen aufkreuzten und sich nach kurzer, wie üblich wortarmer Begrüßung ans Werk machten. Jeder hantierte für sich mit Werkzeugen und Ersatzteilen, es schepperte, quietschte und krachte. Es flossen reichlich Öl, Schweiß und Schmiermittel.

Erschöpft, aber glücklich setzten sich die beiden Männer nach einer guten Stunde redlicher Arbeit zu einem Pläuschchen auf einen Reifenstapel. Uwe hatte zwei große Mineralwasserflaschen und eine Tüte Kartoffelchips für sie mitgebracht, über die sie sich nun freudig hermachten.

»Sag mal, Konrad«, sagte Uwe kauend. »Wie kommst du denn in deinem neuen Fall zurecht? Macht ihr Fortschritte?«

»Na, du bist lustig!«, meinte Konrad und angelte sich eine der Flaschen. Er öffnete den Verschluss, indem er ihn gegen die Kante eines Ambosses presste. »Ich bin im Ruhestand, schon vergessen?«

Uwe stopfte sich eine weitere Handvoll Chips in den Mund und meinte: »Nein, natürlich nicht. Hältst du mich für frühzeitig vergreist oder was?«

»Nein. Das heißt: Ganz sicher bin ich mir nicht.«

Uwe boxte ihn zum Spaß in den Bauch. »Ich kenne dich, Konrad. Du bist ein Überzeugungstäter. Wie heißt es doch so schön: Einmal Bulle, immer Bulle.«

Konrad schüttelte den Kopf. »Ich bin Privatier und habe mit Ermittlungen nichts mehr am Hut.«

»Das kannst du deiner Großmutter erzählen. Oder auch nicht, denn sie lebt ja längst nicht mehr.«

»Eben drum erzähle ich es dir.«

Uwe gab sich mit diesem Geplänkel nicht zufrieden und bohrte weiter nach. Da sich Konrad vor seinem besten Freund auf die Dauer nicht glaubhaft verstellen konnte, gab er schließlich nach und weihte ihn in die jüngste Phase der Ermittlungen ein. Auch seinen nicht mehr ganz offiziellen letzten Einsatz ließ er nicht unerwähnt.

Uwe hörte sich alles sehr genau an. Dann strich er mit den Fingern durch sein krauses Haar, rückte die Brille zurecht und sagte: »Ganz nachvollziehen kann ich es nicht, warum du dich da noch so reinhängst. Wenn ich das richtig sehe, ist der Fall doch gelöst. Der Übeltäter sitzt im Kittchen, was willst du mehr?«

Konrad kniff die Augen zusammen. »Ja, er ist in Haft, aber das hindert ihn nicht daran, weitere Morde zu begehen. Bevor ich nicht herausgefunden habe, wie genau Wollschläger das anstellt und ob noch weitere Namen auf seiner Todesliste stehen, finde ich ganz sicher keine Ruhe.«

»Mmmh«, brummte Uwe und ließ seine Gedanken schweifen. »Du gehst ernsthaft davon aus, dass Wollschläger noch nicht am Ende ist? Dass er weitere Fallen vorbereitet hat und in seiner Gefängniszelle auf der Lauer liegt wie eine Spinne in ihrem Netz?«

Konrad musste über diesen Vergleich lachen, stimmte aber zu: »Ja, davon gehe ich aus. Und ich bin überzeugt davon, dass mein Nachfolger die Gefahr unterschätzt.«

Uwe dachte weiter angestrengt nach, bis er riet: »Verabschiede dich von dem Gedanken, dass Wollschläger alles im Vorfeld durchgeplant und arrangiert hat. So perfekt lässt sich das nicht hinkriegen. Nein, nein, ich glaube, er hat einen Partner, vielleicht einen bezahlten Gehilfen.«

Konrad sah auf: »Du denkst an jemanden Bestimmten, ja?«

»Nach alldem, was du mir bisher erzählt hast: Ja! Weißt du, was ich dir raten würde, als Nächstes zu unternehmen?«

Konrad zuckte die Schultern. »Nein. Was?«

»Du solltest dir Rolf vorknöpfen.«

»Rolf?« Konrad war für den Moment konsterniert. »Den Freund der Krankenschwester?«

»Ja«, bekräftigte Uwe. »Es erscheint mir verdächtig, dass er nicht aufzufinden ist. Mag sein, dass er sich irgendwo verkrochen hat, weil er um seine Freundin trauert oder aus Angst, selbst das nächste Opfer zu werden. Für wahrscheinlicher halte ich es aber, dass er untergetaucht ist. Er möchte sich um ein Verhör mit dir drücken.«

»Ein Verhör mit mir wird es nicht geben«, sagte Konrad mit anklingendem Bedauern. »Darum bräuchte er sich also keinerlei Sorgen zu machen.«

»Dann verkriecht er sich eben vor einem deiner Nachfolger. Egal: Jedenfalls ist mir diese Figur suspekt. So, wie du Rolf beschrieben hast, scheint er ein gerissener Hund zu sein. Der hat etwas zu verbergen, glaub es mir!«

»Ich hätte dich in meine Truppe aufnehmen sollen, solange ich das noch konnte«, scherzte Konrad. »Du hättest einen klasse Profiler abgegeben.«

Uwe fand diese Bemerkung weniger lustig, denn er setzte ungerührt fort: »Du hast erzählt, dass er seine Freundin nackt tanzen ließ und vielleicht auch mehr. Ihr solltet euch im Rotlichtmilieu umhören. Wenn es stimmt, was ich vermute, dann ist dieser Rolf kein unbeschriebenes Blatt. Ich denke da an Erpressung im größeren Stil. Hefte dich an seine Fersen!«

Konrad lächelte gequält. »Werter Mr. Holmes. Bitte überlassen Sie das Ermitteln den Experten. Ich halte Rolf ebenfalls für einen Menschen, den ich nicht zu mir nach Hause einladen würde. Aber ansonsten liegt absolut nichts gegen ihn vor. Außerdem …« Er kaute auf seiner Unterlippe, bevor er den Satz vollenden konnte. »Außerdem habe ich nicht mehr die Befugnis, Nachforschungen dieser Art anzustellen.«

Uwe nahm sich nun ebenfalls eine der Wasserflaschen. »Seit wann scherst du dich um Befugnisse?«

»Ich bin kein Schimanski«, stellte Konrad klar.

Uwe schien das für den Moment zu akzeptieren. Doch nach dem ersten Schluck Sprudelwasser hatte er bereits einen Alternativplan entwickelt. »Willst du deinen letzten – deinen allerletzten! – Fall lösen oder nicht?«

»Wenn du mich so fragst«, antwortete Konrad betreten, »lautet die Antwort: Ja!«

Uwe grinste. »Dann musst du wohl zu einem Trick greifen müssen.«

»Was meinst du damit? Ein Trick? Was für ein Trick?« Konrad reagierte alarmiert und misstrauisch.

»Nun ja, du wirst in der Szene kaum selbst auftreten können und dumme Fragen stellen. Das würde auffallen.«

»Wie soll es sonst funktionieren?«, fragte Konrad.

Uwe schien mit sich zu hadern, denn er zögerte, bevor er antwortete: »Du brauchst Personal, das du einsetzen kannst.«

»Das habe ich nicht«, stellte Konrad klar. Denn Jasmin Stahl würde er keinesfalls noch einmal in die Verlegenheit bringen, sich ihrem neuen Chef gegenüber illoyal zu verhalten.

»Ich weiß, ich weiß.« Uwe nickte. »Da dir deine Leute aus dem Kommissariat nicht mehr zur Verfügung stehen, musst du wohl oder übel auf die Familie zurückgreifen.«

»Auf die Familie?«, fragte Konrad entgeistert.

»Ja, auf deine Familienbande. Du hast deine Brut jahrzehntelang behütet und durchgefüttert. Jetzt ist es an der Zeit für eine Revanche. Setz sie ein und lass sie für dich ermitteln!« Seine Augen funkelten, als er vorschlug: »Um im Rotlicht Vertrauen zu gewinnen, musst du gewitzt und clever vorgehen. Du benötigst einen überzeugenden Akteur oder besser noch eine Akteurin.«

»Sophie?«, platzte es aus Konrad heraus. »Du sprichst von meiner Tochter?«

Uwe nickte langsam und bekräftigend. »Wozu hast du all die Jahre für ihren Schauspielunterricht gezahlt? Gib ihr endlich eine Chance zu zeigen, was sie gelernt hat! Du wirst sehen: Sie wird dir dankbar dafür sein!«

Konrad kannte seinen Freund lange und gut genug, um zu wissen, dass er seine Begründung nicht wirklich ernst meinte. Der Vorschlag selbst aber hatte unbestreitbar etwas für sich. Auch wenn Konrad dazu neigte, ihn sofort wieder zu verwerfen, konnte er nicht umhin, über diese Option zumindest nachzudenken.

22

Am Telefon gab sich Sophie ungewöhnlich wortkarg und äußerte sich nicht näher über das seltsame Ansinnen ihres Vaters. Sie hörte ihm zu, gab in unregelmäßigen Abständen ein »Mm« oder auch mal ein »Hm« von sich. Aber das konnte Konrad ebenso als Zustimmung wie als Ablehnung deuten.

»Was meinst du dazu?«, fragte er, als er mit seinen Ausführungen geendet hatte. Er sprach leise, damit

Doris, die in der Küche beschäftigt war, nichts von dem Gespräch mitbekam.

»Was ich dazu sage?«, erklang Sophies helle Stimme. »Dass dies das ungewöhnlichste Rollenangebot ist, das ich je bekommen habe.«

»Und sonst?«, fragte Konrad, der wissen wollte, ob er mit seiner Tochter rechnen konnte oder nicht.

»Sonst sollten wir uns treffen. Am besten gleich. Ich bin eh gerade mit meiner Probe fertig und habe Zeit. Kennst du die Halle auf dem alten Gelände von Triumph Adler, in der wir ab und zu unsere Szenen einüben?«

»An der Fürther Straße?«

»Genau. Dort kommst du hin.«

»Warum treffen wir uns gerade dort?«

»Das wirst du sehen, wenn du da bist. Bis gleich, Paps!«

Konrad legte auf, strich minutenlang nachdenklich durch die Zimmer und suchte nach einem Vorwand, unter dem er sich schon wieder aus der Wohnung stehlen konnte. Doch Doris wollte gar keinen von ihm hören.

»Du bist ein freier Mann«, gab sie ihm zu verstehen, als er sich den Mantel nahm und flüchtig verabschiedete, ohne das geplante Treffen mit Sophie zu erwähnen. »Du kannst tun und lassen, was du willst. Nun ja, bis auf ein paar Ausnahmen.«

Konrad hoffte, dass er nicht drauf und dran war, eine dieser nicht genannten Ausnahmen zu machen.

Das frühere Fabrikgelände, auf dem heute Büros, ein großes Fitnessstudio und ein Elektronikfachhandel ansässig waren, erwies sich als weitläufiger, als es sich Keller vorgestellt hatte. Er brauchte eine Weile, bis er die unscheinbare, in verwittertem Grau verputzte und abseits gelegene Halle gefunden hatte. Durch ein vom Rost zerfressenes Tor trat er ein. Seine Augen gewöhnten sich nur langsam an das Dämmerlicht, weshalb er sehr vorsichtig über den an vielen Stellen aufgeplatzten Betonboden schritt.

Ganz am anderen Ende der circa 40 Meter langen Halle standen einige Klappstühle vor einer provisorischen, kleinen Bühne. Zwei ausgediente Schreibtischlampen, die auf den Bühnenboden gestellt worden waren, dienten als notdürftige Rampenlichter.

Als Keller näher kam, konnte er auch seine Tochter sehen. Das heißt: Er meinte, dass es sich um seine Tochter handelte. Aber was tat sie da?

Sophie trug eine eng anliegende Gymnastikhose und einen Sport-BH. Sie stand an einer schmalen Metallstange, die zum Abstützen eines darüber verlaufenden Brückenwegs diente. Die Säule diente ihr als Übungsobjekt für das, was sie ihrem Vater demonstrieren wollte. Und der machte große Augen!

Zu souligen Musikklängen, die aus einem tragbaren CD-Player schepperten, schmiegte sich Sophie an die Stange, umschlang sie mit ihren Armen, dann mit den Beinen, löste ihren Oberkörper mit wiegenden Bewegungen und beugte sich soweit zurück, bis ihre Fingerspitzen den Boden berührten. Gleich darauf schwang sie sich erneut auf, stürmte die Stange mit ihrem trainierten, gleichwohl zarten Körper, hievte sich scheinbar mühelos hinauf, um dann in aufreizender Langsamkeit an der Stange hinabzugleiten und im vollendeten Spagat am Boden anzukommen. Sie umspielte die Säule wie einen Tanzpartner, den sie mit lasziver Geschmeidigkeit verführen wollte, und setzte zu immer neuen akrobatischen Übungen an.

Keller war hin- und hergerissen zwischen Anerkennung dieser nicht erwarteten Leistung und dem Verlangen, seiner Jüngsten diesen zweideutigen Spaß augenblicklich zu untersagen. Schließlich rang er sich einen zaghaften Applaus ab und fragte so locker er konnte: »Was soll das werden, wenn es fertig ist?«

Sophie verließ die Stange, nahm sich ein Handtuch von einer Stuhllehne und tupfte sich über Stirn und Nacken. »Ein formvollendeter Pole-Dance«, sagte sie, als würde das alles erklären. Da ihr Vater sie ratlos ansah, holte sie weiter aus: »Wenn ich dich richtig verstanden habe, soll ich versuchen, mich in die Rotlichtszene einzuschleusen. Da ich keine Lust habe, mich als Animiermädchen an eine Bar zu stellen, habe ich mich für die unverfängliche Variante entschieden.«

»Unverfänglich?« Keller konnte seinen entsetzten Gesichtsausdruck kaum unterdrücken.

Sophie kicherte. »Was bist du denn so verklemmt, Paps? Liegt's daran, dass ich dein Töchterchen bin? Keine Sorge, ich weiß schon, was ich tue, wenn ich mich darauf einlasse.« Sie zog zwei der Klappstühle für sich und ihren Vater heran. Beide setzten sich. »Ich werde in dem Schuppen, in dem dieser Rolf verkehrte, für ein oder zwei Abende anheuern, meine Show abziehen und meine Augen und Ohren aufsperren. Und um dich zu beruhigen: Auf Männer werde ich mich dort ganz gewiss nicht einlassen.«

»Ich hoffe, dass du die Wahl haben wirst«, sagte Keller mit aufkeimender Sorge und wachsenden Zweifeln an der Tauglichkeit seines eigenen Vorschlags. »Jedenfalls«, fügte er eilig hinzu, »werden sich Jochen und Burkhard unters Publikum mischen und aufpassen, dass nichts schiefgeht. Am liebsten würde ich es selbst machen, aber ich kann mich dort ja nicht blicken lassen, weil der ein oder andere mich als alten Bullen wiedererkennen könnte.«

Sophies Schmunzeln zauberte zwei winzige Grübchen auf ihre Wangen. »Meine großen Brüder beschützen mich? Hast du mit ihnen denn schon darüber gesprochen?«

»Das werde ich als Nächstes tun«, verkündete Keller mit fester Stimme und machte damit deutlich, dass sich seine Söhne nicht aus der Verantwortung ziehen könnten.

23

Er hatte den Kragen seines Mantels nach oben geschlagen, den Schal bis über den Mund gelegt und seinen breitkrempigen Hut tief in die Stirn gezogen. Diese Tarnung sollte reichen, um inkognito das Terrain zu sondieren. Denn das war das Wichtigste vor einer verdeckten Ermittlung: dass man das Gebiet, in dem man zuschlagen wollte, wie seine Westentasche kannte.

Die Bar oder vielmehr der Bumsschuppen, den Konrad Keller suchte, lag im Bermudadreieck zwischen Sterntor, Frauentormauer und Luitpoldstraße. Mitten im Nürnberger Rotlichtviertel also, das Keller durch viele seiner früheren Einsätze durchaus vertraut war. Dennoch fühlte er sich verpflichtet, auf Nummer sicher zu gehen und sein Bild von dem Etablissement und der näheren Umgebung auf den neuesten Stand zu bringen. Er wollte ja unter allen Umständen vermeiden, dass Sophie böse Überraschungen erlebte.

Während er langsamer wurde und sich wie ein gewöhnlicher Passant die ausgeblichenen und von Feuchtigkeit gewellten Bilder diverser leicht bekleideter Frauen in den Schaukästen vor dem Lokal ansah, versuchte er beim Weitergehen den Laden auch von innen zu sehen. Dies war nur bedingt möglich, denn ein dunkelroter Vorhang, der wohl auch als Kälteschutz diente, schirmte den Eingangsbereich vor neugierigen Blicken ab.

Keller hatte Glück, dass genau in diesem Moment ein

anderer Mann an seine Seite trat. Auch dieser musterte zunächst die Fotos in den Schaukästen, sah sich dann kurz nach links und rechts um und betrat das Lokal. Als er den Vorhang zur Seite schob, erhaschte Keller einen kurzen Blick ins Innere. Ihm blieben nur wenige Sekunden, doch die reichten Keller, um erleichtert aufatmen zu können: Im schummerigen Foyer der Bar hatte er einen stark tätowierten, gedrungenen Muskelprotz und eine dickliche ältere Frau mit feuerrot gefärbten Haaren erspäht. Rita, die altgediente Chefin, die auch gut mit der etwas antiquierten Bezeichnung Puffmutter leben konnte, und Bruce, ihre getreue rechte Hand, Barmann und Rausschmeißer in einer Person.

Diese beiden Szenegrößen waren im Viertel mittlerweile Legenden. Beides keine unbeschriebenen Blätter, beide mehrfach vorbestraft. Aber, so sagte Keller die Erfahrung, Rita und Bruce waren im Grunde genommen Geschäftsleute, die ihren Laden am Laufen halten und Geld verdienen wollten. Von ihnen würde Sophie nichts zu befürchten haben, im Gegenteil: Beide erschienen Keller unter diesen speziellen Umständen sogar als ein Garant dafür, dass seiner Tochter bei ihren Auftritten kein Haar gekrümmt würde – wenigstens, solange sie die Kasse klingeln ließ und nicht aufflog.

Zufrieden wandte sich Keller ab, schlenderte die Straße bis zum Ende entlang und verschwand in einer Seitengasse. Um nichts dem Zufall zu überlassen, wollte er auch den rückwärtigen Teil des Gebäudes in Augenschein nehmen. Wenn er es recht in Erinnerung hatte, gab es einen Hinterhof, in den auch der Notausgang mündete. Durch eben diesen hatte er einmal vor etlichen Jahren einen flüchtigen Schläger gejagt.

Während er den Häuserkomplex umrundete, machte er sich noch einmal Gedanken über die Erfolgsaussichten von Sophies Einsatz. Zwar galt es als sicher, dass Anne in Ritas Schuppen getanzt und vielleicht auch angeschafft hatte, aber würde Rolf nach Annes Tod noch hier auftauchen? Würden ihn die anderen Tänzerinnen verraten oder zumindest Hinweise auf sein Verbleiben geben können? Kellers Skepsis und Optimismus hielten sich die Waage. Er schätzte, dass seine Tochter mindestens drei Abende lang auftreten müsste, bis sie das Vertrauen ihrer neuen Kolleginnen gewinnen könnte. Frühestens dann wäre mit einem Ergebnis zu rechnen. Es sei denn, Rolf würde unverhofft früher auftauchen. Wie dem auch sei: Keller sah keine andere Möglichkeit, als es auf diese Weise zu versuchen.

Der Hinterhof war von einer Mauer umzäunt, doch in den Angeln der Einfahrt hingen längst keine Tore mehr. Vorsichtig lugte Keller um die Ecke und sah sich in dem Hof um. Er betrachtete die unansehnliche Rückseite des Hauses, von der der Putz großflächig abbröckelte. Die Fenster der oberen Stockwerke waren mit Jalousien verschlossen, unten gab es einen Lieferantenzugang und besagten Notausgang. Der Hof selbst diente vorwiegend als Abstellplatz für eine Reihe von Müllcontainern. Der Schnee bedeckte außerdem einige Stapel leerer Getränkekisten und drei umgeworfene Bierfässer. Da der Weg zwischen Notausgang und Toreinfahrt frei von Hindernissen war, hakte Keller auch diesen kritischen Punkt in seiner geistigen Checkliste ab.

Alles in allem, resümierte er, als er seinen Exkurs nach einer weiteren Runde um den Block abschloss, sollte nichts schiefgehen, wenn er Sophie in die Höhle des Löwen schickte. Dennoch musste er sich anstrengen, ein ungutes Gefühl zu verdrängen, dass sich trotz der positiv ausgefallenen Ortsbegehung nicht legen wollte.

24

Das ungute Gefühl wuchs von Stunde zu Stunde an. Schreckliche Gedanken quälten ihn, als er am Abend neben seiner Frau auf dem Sofa saß und so tat, als würde er der Handlung des Tatorts im Fernsehen folgen. Wie ferngesteuert aß er dabei eine Salzstange nach der anderen.

»Was ist eigentlich mit dir los?«, wandte sich Doris an ihn, als der Krimiabspann über den Bildschirm lief.

Konrad griff wieder nach dem Salzgebäck, nahm sich diesmal gleich drei Stangen auf einmal. »Wollen wir nicht noch eine Talkshow sehen oder das Heute-Journal?«, fragte er ausweichend.

»Nein«, entschied Doris. Sie nahm die Fernbedienung und stellte den Apparat aus. »Ich möchte von dir wissen, was dich bedrückt. Hängt es immer noch mit deinem letzten Fall zusammen? Oder – mit unseren Kindern?«

»Mit den Kindern?« Konrad fühlte sich so was von ertappt, dass er rote Ohren bekam wie schon als kleiner Junge, wenn ihn seine Mutter des Lügens überführt hatte.

»Ja.« Doris ließ ihn nicht aus den Augen. »Sophie, Jochen und Burkhard sind heute Abend zusammen ins Kino gegangen. Angeblich.«

»Woher weißt du das denn? Und warum sagt du ›angeblich‹?« Keller spürte, dass er sich nicht mehr lange verstellen konnte.

»Von Inge. Sie war etwas verwundert darüber, dass Burkhard mit seinen Geschwistern loszieht und ins Kino gehen wollte. Ich bin es auch. Weißt du, wie lange der letzte Kinoabend in dieser Konstellation her ist? Zehn Jahre, mindestens.«

»Unsere drei verstehen sich halt immer noch prima«, rang sich Keller ab und sah seiner Frau an, dass sie kurz davorstand zu explodieren. Er hielt diesen Blick keine 30 Sekunden aus, bis er kapitulierte und erklärte: »Sophie und die Jungs sind heute Abend in meinem Auftrag unterwegs. Eine Undercover-Aktion.«

Mit unbewegter Miene hörte sich Doris an, was Konrad zu sagen hatte, fragte zwei oder dreimal nach und kam schließlich zu einem deutlichen Schluss: »Dir ist klar, dass du deine eigenen Kinder für die Lösung deiner Probleme einspannst? Weil du nicht damit klarkommst, dass du nicht mehr im Polizeidienst bist, versuchst du die Lücke in deinem Leben damit zu schließen, dass du dein eigen Fleisch und Blut unberechenbaren Gefahren aussetzt! Das nenne ich … ich sage dazu …«

»Gewissenlos«, suchte Konrad für sie ein geeignetes Wort.

»Nein. Traurig«, sagte Doris. Langsam hob sie ihre rechte Hand und strich ihm über den kahlen Kopf. »Was tust du da bloß, Konrad?«

»Ich habe als Vater versagt«, gab er schweren Herzens zu und spürte einen schnell wachsenden Kloß in seinem Hals.

»Mehr noch als Ehemann«, entgegnete Doris. »Denn du hättest es mir sagen müssen.«

»Ich dachte … ich wusste nicht«, stammelte Konrad.

»Ich möchte eingeweiht werden, wenn du solche kühnen Pläne schmiedest«, stellte Doris mit fester Stimme klar. »Vielleicht hätte ich bei der Vorbereitung helfen können und mich vergewissern, dass alles gut geht.«

Konrad sah Doris voller Überraschung an. »Hättest du es denn zugelassen?«

Doris wiegte den Kopf. »Ich weiß es nicht. Vor allem deshalb, weil ich nicht begreifen kann, warum du dich in diesen Fall so hineinsteigerst. Ich kann deinen Enthusiasmus nicht nachvollziehen, denn die Sache ist doch seit dem ersten Tag geklärt: Dein Täter ist längst hinter Gittern! Du könntest dich zufrieden zurücklehnen.«

»Eben nicht!«, sagte Konrad heftiger, als er wollte. »Wollschläger mordet ungehindert weiter, ob nun allein dank guter Vorbereitung oder mit Hilfe eines Komplizen. Offenbar ist niemand imstande, ihn aufzuhalten. Jedenfalls tut Schnelleisen viel zu wenig, um Wollschlägers Todesspiel endlich zu beenden. Aber man kann doch nicht einfach die Hände in den Schoß legen und zusehen, wie der nächste Mord geschieht. – Ich kann es jedenfalls nicht.«

»Das ist anständig und mutig von dir, wenn du so denkst«, meinte Doris grüblerisch. »Aber bist du dir der Risiken für den Einsatz unserer Kinder wirklich bewusst?«

»Vollkommen«, sagte Konrad wie aus der Pistole geschossen. »Ich habe alles ganz genau durchdacht.« Er versuchte, in den Augen seiner Frau zu forschen, als er fragte: »Habe ich deinen Segen?«

»Ich glaube …«, Doris zögerte noch einen kurzen Moment, »… ja. Wenn unsere Kinder zusammenhalten, sind sie nicht zu schlagen. Den Abend in der Striptease-Bar meistern sie spielend, da bin ich zuversichtlich.« Ihre Stirn kräuselte sich, als sie in sanftem Ton hinzufügte: »Zugegeben: Dein Plan an sich ist gar nicht übel. Ich habe nur einen Verbesserungsvorschlag – falls du nicht schon selbst daran gedacht hast.«

»Ich bin ganz Ohr«, meinte Konrad erleichtert, woraufhin ihm Doris ihren Vorschlag unterbreitete. Konrad hörte aufmerksam zu, nickte zunächst abwägend, dann zustimmend. »In Ordnung, ich kümmere mich darum. Dann bist du also einverstanden?«

»Einverstanden!«, sagte Doris.

Konrad wurde von einem warmen Gefühl der Dankbarkeit und des Vertrauens erfüllt. Er wollte es seiner Frau sagen, sie umarmen. Doch das Telefon unterbrach ihre Unterhaltung.

»Ja?«, meldete er sich knapp.

»Ich bin's, Paps«, meldete sich Sophie.

Konrad blickte auf seine Armbanduhr. Es war kurz nach 22 Uhr. Sophie müsste um diese Zeit eigentlich auf der Bühne stehen und tanzen. »Was ist denn los? Gibt es Probleme?«

»Ganz im Gegenteil«, flötete die Tochter gut gelaunt. »Die erste gute Nachricht kann ich schon vermelden. Die anderen Mädels hier sind recht auskunftsfreudig: Rolf ist weder tot, noch hat er sich ins Ausland abgesetzt. Er soll sich nach wie vor in der Stadt aufhalten. Vielleicht kann ich schon heute oder morgen den Kontakt zu ihm herstellen.«

»Gut gemacht!«, lobte Konrad. »Bleib am Ball, Kleine! Aber lass dich auf keinerlei Risiken ein!«

Als Sophie die Toilettenkabine, aus der sie ihren Vater mit dem Handy angerufen hatte, verlassen wollte, hatte sie sich ihren Plan fürs weitere Vorgehen bereits haarklein zurechtgelegt: Zunächst würde sie in den schummrigen Barbereich des Nachtlokals zurückkehren, ihr Können als Tabledancerin unter Beweis stellen und hoffen, dass aus dem Publikum nur anzügliche Bemerkungen kamen und keine begierigen Hände. Dann würde sie die Nähe zu ihren in Barnähe sitzenden Brüdern suchen, um ihnen mitzuteilen, dass eine ihrer Kolleginnen bereit sei, ihr Rolfs Unterschlupf mitzuteilen. Bei diesem Gedanken spürte sie eine prickelnde Freude, gepaart mit einer leichten Gänsehaut.

Alles lief bislang wie am Schnürchen: Sie war in dem

Etablissement nach einem sehr kurzen Vorstellungsgespräch bei der fettleibigen Geschäftsführerin von einer Minute zur nächsten eingestellt worden, sodass sie noch am selben Abend auftreten konnte. Mit Papierkram hatte sich die Chefin mit dem feuerroten Haar nicht lange aufgehalten und angekündigt, dass Sophie ihren Sold am Ende der Nacht bar auf die Hand bekäme. Von den Scheinen, die ihr während des Tanzes zugesteckt würden, müsste sie jedoch die Hälfte ans Haus abtreten, wurde ihr eingeschärft. Die anderen Mädchen erwiesen sich als offen und hegten keinerlei Misstrauen gegenüber der Neuen. Sophie kam es so vor, als würde das Personal ohnehin häufig ausgetauscht, sodass fremde Gesichter keinen Argwohn erregten.

Guter Dinge und voller Elan stieß Sophie die Toilettentür auf, trat mit Schwung heraus und prallte mit Elena zusammen.

»Oh, Mist«, entfuhr es Sophie. »Sorry, Elena, habe ich dir wehgetan?«

Elena, eine blasse Frau mit slawisch geprägten Wangenknochen und kinnlangem, schwarzen Haar, hatte sich einen Bademantel über ihren strassbesetzten winzigen Bikini gezogen. Sie war es, die bei der Erwähnung von Rolfs Namen vorhin in der Garderobe hellhörig geworden war und Sophie ihre Hilfe angeboten hatte. Jetzt wirkte sie angespannt und sah Sophie verkniffen an.

»Es kann losgehen«, sagte sie.

Sophie verstand sofort. Doch ein überstürzter Aufbruch passte ganz und gar nicht zu ihrem Plan. Sie versuchte, Zeit zu gewinnen, fragte: »Was? Habe ich etwa meinen Auftritt verpasst?«

Elena fasste Sophie am Handgelenk. »Komm schon! Rolf ist nicht der Typ, den man warten lässt.«

In Sophies Kopf überschlugen sich die Gedanken. Keinesfalls durfte sie Elena folgen und sich mit Rolf treffen. Jedenfalls nicht, solange ihre Brüder nicht informiert waren und ihr heimlich folgen konnten. »Aber ich muss tanzen«, bemühte sie sich um eine Ausrede. »Das ist mein erster Tag hier. Die Chefin wird sauer auf mich sein, wenn ich nicht auftrete.«

»Vergiss es! Rolf ist wichtiger. Wenn du es schaffst, dass er auf dich steht, dann bekommst du ganz andere Jobs. Viel mehr Kohle!« Elena zog energisch an ihrem Arm. »Komm jetzt!«

Es hatte keinen Zweck, sich länger dagegen anzustemmen. Wenn Sophie ihr Ziel erreichen wollte, Rolf aufzuspüren, dann musste sie diese vielleicht einmalige Chance nutzen und sich über den Rat ihres Vaters hinwegsetzen, kein Risiko einzugehen. Ihn und ihre Brüder würde sie notgedrungen später informieren müssen. Vielleicht würde es ihr gelingen, heimlich eine SMS abzusetzen.

25

Elena ließ sie nicht aus den Augen, während sie Sophie durch einen überheizten, schmutzigen Flur ins Hinterhaus führte. Von dort aus ging es in ein ebenso schäbiges Treppenhaus, das über zwei Treppen hinaus auf den Hinterhof führte.

Sophie hielt ihr Handy fest in ihrer Hand, doch sie hatte keine Gelegenheit, eine Nachricht einzutippen. Mit gemischten Gefühlen sah sie sich auf dem Hof um. Es handelte sich um einen trostlosen Platz, umgeben von einer Backsteinmauer, auf deren Simsen aschgrauer Schnee ruhte. Eine Reihe von Müllcontainern versperrte ihr die Sicht auf den hinteren Teil des Hofes, und erst als Elena sie um die Container herum führte, erkannte sie das Ziel ihres nicht ganz freiwilligen Ausfluges: einen schwarzen Opel Ascona.

»Steig ein«, sagte Elena. In Sophies Ohren klang es wie ein Befehl.

Bei dem schwachen Licht, das in den Hinterhof fiel, konnte Sophie nicht ins Innere des Wagens schauen. Nur an den Konturen erkannte sie, dass der Opel mit zwei Insassen besetzt war: dem Fahrer und einer weiteren Person auf der Rückbank.

Sophie zauderte, doch da versetzte ihre Begleiterin ihr einen Stoß. Im selben Moment wurde die Hecktür des Wagens aufgerissen. Starke Männerarme zogen sie ins Auto.

»Die Platinblonde ist auch nicht übel, was?«, raunte Jochen mit eindeutigem Grinsen und lies sein Bierglas an das seines Bruders klirren.

Burkhard, der sich auf einem plüschroten Sessel so klein wie möglich gemacht hatte, mochte in Jochens Schwärmerei nicht einstimmen. »Lieber wäre es mir, wenn unser Schwesterchen mal wieder auftauchen würde. Wie lange ist sie jetzt fort? 20 Minuten sind es mindestens.«

»Immer lässig bleiben«, riet Jochen. »Du weißt doch: Das Beste kommt zum Schluss. Gönn Sophie ihre Pause!«

»Du weißt, was Vater gesagt hat«, erinnerte Burkhard seinen Bruder an die ehernen Regeln ihres gefährlichen Spiels. »Wir sollten uns an ihre Fersen heften, immer in ihrer Nähe bleiben.«

»Das sind wir doch«, sagte Jochen leicht dahin. »Uns trennt wahrscheinlich nur der verfilzte Vorhang da vorn. Sophie raucht eine Zigarette, lässt die Beine baumeln und horcht munter plaudernd die anderen Mädchen aus. Du wirst sehen: Jeden Moment kommt sie um die Ecke und zwinkert uns zu. Und wenn nicht ...«

»Wenn nicht?« Burkhard sah ihn aus großen Augen an.

Jochen beförderte mit einer schwungvollen Kopfbewegung eine blonde Haarsträhne aus seiner Stirn. »Wenn nicht, dann weiß sich Schwesterchen zu helfen und gibt uns Bescheid.«

»Wie denn?«, zweifelte Burkhard. Er wollte sein Handy aus der Hosentasche holen, musste dafür den Bauch einziehen. »Ich habe jedenfalls keine SMS bekommen. Du?«

Jochen lächelte überlegen, prüfte dann aber auch sein Handy. »Nein. Keine Nachricht.« Er lächelte noch immer, als er sagte: »Keine Panik. Wir dürfen nicht auffallen.«

Während Sophie vom Fahrer nur ein Paar dunkle Augen mit buschigen Brauen durch den Rückspiegel erkennen konnte, zeigte sich der Mann auf der Rückbank neben ihr ohne Vorbehalte: Er hatte kurzes weißblondes Haar, ein feistes Gesicht und trug eine fette, goldene Panzerkette um seinen solariumgebräunten Hals. Sein bis auf den vierten Knopf offenes Hemd stellte die Brustmuskeln zur Schau, die er sich wahrscheinlich in einem Bodybuilding-Studio antrainiert hatte. Sophie konnte sich ausmalen, dass sie ins Schwarze getroffen hatte: Das musste Rolf sein!

»Wohin fahren wir?«, fragte sie möglichst unaufgeregt, wobei sie sich entschied, vorerst weiter das leichte Mädchen zu mimen.

»Mal hier hin und mal da hin. Im Kreis herum und dann wieder von vorn. Solange, bis uns der Sprit ausgeht.« Rolf lachte affig und klopfte sich auf die Schenkel. »Also, Schnecke, was steht an? Warum suchst du mich? Es muss ja einen hammerwichtigen Grund dafür geben, dass du die Rehe scheu machst, indem du meinen Namen herumposaunst.«

Wüsste sie es nicht besser, würde Sophie ihn für einen waschechten Zuhälter halten und nicht für einen Krankenpfleger. Wahrscheinlich lag ihm das Halbseidene mehr im Blut als sein bürgerlicher Beruf, und er kostete es aus, sich vor jungen Frauen als großer Zampano aufzuspielen. Sophie sah Rolf voll innerer Abscheu an, ihr Gesicht verriet von dieser Empfindung allerdings nichts, sondern blieb lieblich und unbedarft. »Ich habe viel von dir gehört«, sagte sie und zwang sich dazu, ihre Rolle überzeugend zu spielen, indem sie seinen Bizeps berührte und anerkennend pfiff. »Wow! Bist wirklich so'n stahlharter Typ, wie man hört.«

Rolf sog das Kompliment wie frische Luft ein und wuchs in seinem Sitz um mindestens fünf Zentimeter. Sophie registrierte das ebenso wie die neongrellen Leuchtreklamen des Verkehrsknotens Plärrer, die an ihnen vorbeizogen.

»Aber nun zur Sache, Schätzchen«, sagte Rolf, nachdem er sein Ego ausreichend gestreichelt sah. »Was willst du von mir? Und von wem hast du von mir erfahren?«

Sophie wog sekundenschnell ab, wie weit sie gehen sollte. Als sie nach einem weiteren Blick aus dem Fenster bemerkte, dass sich der Opel inzwischen in die verwinkelten Straßen des Stadtteils Gostenhof einfädelte, entschied sie sich dafür, das Tempo anzuziehen: »Anne«, nannte sie den Namen, der schlagartig alles veränderte. Aus dem selbstgefälligen Macho Rolf wurde vor ihren Augen ein unsicherer, linkisch wirkender Möchtegern.

»Was hattest du mit Anne zu schaffen?«, fuhr er sie an, wobei seine Augen Angst ausdrückten.

»Ich kannte sie«, spielte Sophie weiter die Naive. »Wir haben oft mal gequatscht miteinander. Hat mir tolle Sachen erzählt, die Anne. Leider ist sie ja jetzt ...«

»Ich weiß!«, fauchte Rolf sie an. »Das brauchst *du* mir nicht erzählen!« Er sah nervös nach vorn. Der Fahrer drückte daraufhin aufs Gas. »Was willst du von mir?«, wandte sich Rolf wieder an Sophie.

»Mal schauen.« Sie steckte den Daumen in den Mund, kaute auf dem Nagel, zog ihn wieder heraus. »Vielleicht einen Job? Einen Job und Geld? Oder – vielleicht auch Geld ganz ohne Job.«

Rolf lief rot an. »Was weißt du, verdammt?«

Der Opel fuhr jetzt durch eine schmale, von grauen Wohnblocks gesäumte Straße und näherte sich dem Gelände des Güterbahnhofs.

»Ich kann nicht länger warten!« Mit diesen Worten schob Burkhard sein Bierglas, das er nicht angerührt hatte, beiseite und wuchtete sich aus dem viel zu niedrigen Sessel. »Sie ist über eine Stunde überfällig. Wir müssen etwas unternehmen!«

Jochen versuchte, ihn in den Sessel zurückzudrücken, scheiterte aber an Kraft und Masse, die sein Bruder dank seiner Statur aufzubringen vermochte. »Was willst du denn tun?«, zischte er. »Etwa in die Mädelsgarderobe hineinplatzen und den ganzen Hühnerstall aufscheuchen?« Jochen sah seinen Bruder intensiv an. »Dann fliegen wir schneller raus, als du bis drei zählen kannst.«

Burkhard, dem der kritische Blick des muskulösen und über und über tätowierten Barmanns nicht entgangen war, ließ sich notgedrungen wieder in den Sessel plumpsen. »Was schlägst du vor, was wir sonst unternehmen könnten?«

»Weiter abwarten«, meinte Jochen halbherzig und fügte etwas widerwillig hinzu. »Oder Vater anrufen.« Den Zusatz ›… und zugeben, dass wir mit unserer Aufgabe gescheitert sind‹ verkniff er sich.

»Papa anrufen?« Burkhard zog unter Mühen sein Handy aus der Hosentasche. »Können wir uns sparen«, meinte er, als der das vibrierende Teil in den Händen hielt. Auf dem Display leuchtete die Nummer ihres Vaters auf.

Sophie kamen Szenen aus amerikanischen Kriminalfilmen in den Sinn, als der Opel durch ein offen stehendes Maschendrahttor auf das Bahngelände einbog und über ein schlaglochübersätes Pflaster rollte. Der Schnee erschien ihr hier ebenso schmutzig grau wie zuvor auf dem Hinterhof. Auch die alte Baracke, auf die sie zuhielten, wirkte drohend dunkel, kalt und hässlich. In einem dieser Filme würden in der Hütte die Folterknechte der Mafia auf sie warten, die ihr nach und nach jeden Finger abzwicken würden, um sie zum Reden zu bringen. Sophie bekam eine Gänsehaut und hoffte inständig, dass es nicht so weit kommen würde.

»Du bleibst im Wagen und passt auf, dass uns niemand stört«, wies Rolf den Fahrer an, als sie die Baracke erreicht hatten und er Sophie aus dem Auto stieß.

»Ich will mich mit der Kleinen – vergnügen«, sagte er und grinste fies.

Sophie spuckte vor ihm auf den Boden. »Versuch es doch!«

Rolf packte sie am Haar, zog sie grob hinter sich her.

»Willst mich erpressen, was?«, fragte er, kaum dass er die Barackentür hinter sich geschlossen und eine Lampe mit Gaskartusche zum Brennen gebracht hatte.

Sophie taxierte blitzschnell ihre Umgebung: ein Tisch mit zwei Stühlen, eine Pritsche mit unansehnlicher Decke, ein Rollladenschränkchen, aus dem alte Akten herausragten. »Könnte ich das denn?«, fragte sie und versuchte dabei, gefasst zu klingen.

»Du bist uns auf die Schliche gekommen«, warf ihr Rolf an den Kopf. »Hast unsere Masche durchschaut. Nun willst du deinen Teil abhaben.«

Sophie neigte kaum merklich den Kopf, sagte aber nichts.

»Es war mir klar, dass das nicht ewig so weitergehen kann. Dass wir auffliegen würden. Anne konnte ja nie ihre Klappe halten. Von ihr weißt du es doch, ja?«

Wieder deutete Sophie ein stummes Nicken an.

Daraufhin fuhr Rolf herum, hastete zu dem Schränkchen, bückte sich nach einer Pappschachtel, die ganz unten darin lag.

Sophie fuhr erschrocken zusammen. Was hatte er da? Was befand sich in dem Karton? Eine Waffe? Ein Messer? Gar eine Pistole?

»Ja, Paps?« Burkhard beugte sich zur Seite und drückte mit dem Zeigefinger sein linkes Ohr zu, um Konrad besser verstehen zu können. »Nein, wir haben nicht alles im Griff, nein, das kann man nicht behaupten. – Sie ist verschwunden. Ihr nächster Auftritt wäre längst fällig. Aber wir können nichts unternehmen. Jochen meint, dass der Barmann uns schon aufs Korn genommen hat. Nur eine Frage der Zeit, bis die uns rausschmeißen. – Was schlägst du vor? Du hast einen Plan B? Wie sieht der aus? – Gut, ich verstehe. Die Idee kommt gar nicht von dir, sondern von Mama? Ist sie denn eingeweiht? – Ja, verstehe. Okay, alles klar. Bis dann.«

»Und?«, fragte Jochen, nachdem sein Bruder das Handy weggesteckt hatte.

Statt zu antworten, deutete Burkhard mit bangem Gesichtsausdruck nach vorn. »Ich fürchte, wir bekommen Ärger.«

Jochen musste ihm zustimmen, als er den Barmann auf ihren Tisch zukommen sah. Mit finsterer Miene.

»Na, Jungs«, sagte er mit einer außerordentlich tiefen Stimme. »Darf's noch etwas sein?«

»Nein, danke, im Moment nicht«, antwortete Burkhard und lächelte verkrampft.

»Wisst ihr«, meinte der Barmann und stützte sich mit seinen zu Fäusten geballten Händen auf dem kleinen runden Tischchen vor ihnen ab. »Ihr seid schon eine ganze Weile hier. Ich kann das sehen von dort drüben hinterm Tresen. Ihr habt erst einmal etwas bestellt. Schmeckt euch das Bier nicht?«

»Doch, doch«, sagte Jochen schnell. »Ich nehme gern noch eins.« Er hielt ihm sein leeres Glas hin.

Der Barmann machte keine Anstalten, es entgegenzunehmen. »Schaut mal, Jungs. Da drüben an meiner Bar sitzen ein paar nette Ladys, die sich riesig freuen würden, wenn ihr zwei Hübschen einen Schampus spendiert. Diese Ladys können sehr nett zu euch sein, wenn ihr ihnen was ausgebt. Ihr seid hier ja nicht, um Löcher in die Luft zu starren, oder?«

»Löcher? Nein!«, sagte Burkhard und warf seinem Bruder einen ängstlich fragenden Blick zu.

Der wog in aller Kürze alle Optionen, die ihnen blieben, ab und entschied sich für die riskanteste: Er stand auf, schob die Ärmel seines Hemdes zurück und entblößte damit seine ebenfalls gut durchtrainierten Arme. Außerdem zeigte es sich, dass er gut einen Kopf größer war als der Barmann. »Wir möchten zahlen«, sagte Jochen in einem Tonfall, der keinen Widerspruch zuließ.

Rolf, mit gerötetem Gesicht und schweißnasser Stirn, knallte die Schachtel vor Sophies Nase auf den Tisch. Grob schob er den Deckel beiseite.

Zu Sophies großer Überraschung enthielt das Kästchen Fotos. Jede Menge Fotos! Verwaschene, größtenteils unscharfe Aufnahmen, die meisten davon wohl aus größerer Entfernung mit einem Teleobjektiv geschossen. Sie zeigten Pärchen, die schmusten, sich innig küssten, fummelten und mehr. Die zweite Überraschung für Sophie bestand darin, dass sie eine Person auf den Bildern wiedererkannte. Sie hatte sie in den Aktenkopien gesehen, die ihr Vater ihr bei der Vorbereitung dieser Aktion gezeigt hatte: Es handelte sich zweifelsfrei um Anne, die auf den vor ihr liegenden Bildern mit verschiedenen Partnern intim wurde.

»Da sind sie!«, schrie Rolf. »Das sind die Fotos, mit denen wir die reichen Säcke ausgenommen haben. Alles ehemalige Patienten, Privatversicherte, allesamt verheiratet.« Er lachte rau.

Sophie stellte sich die bange Frage, warum Rolf ihr das erzählte. Welchen Grund mochte er haben, dass er sich mit seinem verbrecherischen Geheimnis einer Wildfremden anvertraute? Fühlte er sich von Sophies vagen Andeutungen wirklich so sehr in die Ecke gedrängt?

Rolf ahnte nichts von ihren Gedanken, redete einfach weiter: »Anne spielte den Lockvogel, köderte sie schon auf der Station, indem sie die geilen Böcke unter ihren Schwesternkittel gucken ließ.«

»Ihr habt von den Männern für die Fotos Geld verlangt«, folgerte Sophie.

»Oh, wie pfiffig du bist, Schätzchen! Nun meinst du, das große Los gezogen zu haben und verlangst Geld von mir, was?« Rolf sah sie betreten an. »Das ist bitter. Gerade jetzt, wo wir einen besonders dicken Fisch an der Angel hatten, geht alles den Bach runter.«

Warum nur plauderte er so viel aus, fragte sich Sophie erneut. Das konnte er sich doch nur dann leisten, wenn er sie hinterher zum Schweigen bringen würde. Ihr lief es eiskalt den Rücken herunter. Es fiel ihr schwer, sich weiterhin nichts anmerken zu lassen und zu fragen: »Von welchem Fisch redest du?«

Rolf stieß erneut ein kehliges Lachen aus. »Das kann dir doch egal sein! Und mir auch. Denn jetzt, wo Anne tot ist, klappt das sowieso nicht mehr.« Er rieb sich die Stirn. »Ohne sie kann ich das nicht durchziehen. Allein geht das nicht.« Seine Augen flackerten wirr, als er Sophie ansah. »Ich brauche wieder eine Partnerin!«, stellte er fest und jagte ihr damit abermals einen Schrecken ein.

Was hatte dieser Mann bloß vor?

»Erzähl mir bitte mehr über diesen dicken Fisch. Ich weiß doch schon jetzt fast alles, da kommt es darauf auch nicht mehr an«, sagte Sophie leise und unaufdringlich, um ihn nicht noch mehr zu provozieren.

Rolf wand sich. »Mit Anne hätte ich den Kerl ausgezogen. Bis auf die Unterhose.« Für einen kurzen Moment schien seine Überheblichkeit zurückzukehren, doch dann fiel er vor Sophies Augen in sich zusammen. »Ohne Anne pack ich das nicht«, sagte Rolf, der erschlaffte Macho, und machte den Eindruck, als würde er jeden Moment anfangen zu heulen. »Ich brauche eine neue Frau«, stieß er beinahe verzweifelt aus.

Bei seinen letzten Worten begann Sophie zu begreifen, weshalb Rolf sich ihr offenbart hatte. Er war drauf und dran, eine neue Partnerin zu ködern. Ein gefügiges Weibchen, hübsch, sexy, für seine Zwecke zu verwenden – diesen neuen Lockvogel meinte er in ihr gefunden zu haben. Sophie schluckte schwer.

Als sie Rolf ansah, merkte sie, wie sich seine kleinen, stechenden Augen auf sie fixierten. Er streckte seine Finger nach ihr aus. »Du musst ihre Rolle übernehmen!«, sprach er aus, was sie befürchtet hatte. Er packte sie, fasste unter ihre Steppjacke. »Ich will, dass du meine neue Anne wirst!«

War Rolf ihr bis eben noch als aufgeblasener Aufschneider mit zweifelhaftem Charakter erschienen, einem, der den großen Macker markierte, wuchs sich in Sophie die Sorge zur nackten Angst aus. Was, wenn sie es mit keinem Möchtegern-Zuhälter zu tun hatte, dem sie bloß ein paar Informationen entlocken wollte, sondern mit einem zu alles entschlossenen Gewaltverbrecher? Einen Schläger, Vergewaltiger – Mörder?

Sie zitterte am ganzen Leib, als sie seine grabschenden Hände zurückzudrängen versuchte, und setzte alles auf eine Karte, indem sie fragte: »Wenn du Anne so geliebt hast, warum …« Sie zögerte. »Warum hast du sie dann umgebracht? Hat sie nicht mehr getan, was du von ihr verlangst hast? Hat sie aufbegehrt?«

Rolf fuhr erschrocken zurück. Sein lüstern brutaler Blick wich einem Ausdruck des ungläubigen Entsetzens. »Was soll ich getan haben? Sie umgebracht? Meine Anne?« Er holte mit seiner rechten Hand aus, als wollte er Sophie schlagen. Ängstlich duckte sie sich weg. Doch Rolfs Ohrfeige geriet zu einem halbherzigen Klaps. Schlaff und unambitioniert.

»Ich habe Anne nicht ermordet«, sagte er matt. »Sie war …« Er suchte offenbar nach den passenden Worten, um seine unzweifelhaft vorhandenen Gefühle, die er Anne gegenüber gehegt hatte, auszudrücken. »Sie war – mein bestes Pferd im Stall.«

Sophie wollte Rolfs Schwäche ausnutzen, um ihn weiter auszufragen. Wacker rappelte sie sich auf ihrem Stuhl auf, setzte dazu an, das Gespräch zurück auf den großen Fisch zu lenken.

Doch in diesem Moment dröhnte das Geräusch eines aufheulenden Motors zu ihnen hinein. Rolf machte einen Satz, stand gleich darauf am Fenster. Auch Sophie sprang auf. Sie konnte gerade noch die Rücklichter des Opels erkennen, mit dem Rolfs Helfershelfer durch das Tor des Bahngeländes davonbrauste.

»Verfluchter Mist!«, schimpfte Rolf. »Er haut ab.«

»Das bedeutet?«, fragte Sophie zaghaft.

»Dass wir aufgeflogen sind, verdammt!« Rolf fackelte nicht lang. Er stieß Sophie beiseite, klaubte den Karton mit den Erpresserfotos auf, verschloss ihn hektisch mit dem Deckel und klemmte sich die Box unter den Arm. Dabei übersah er, dass einige der Bilder herausfielen.

Wie von der Tarantel gestochen rannte er zur Tür, riss die auf, bereit zur Flucht. Doch zu Sophies großer Überraschung war der Türrahmen von der breiten Statur ihres Bruders Burkhard ausgefüllt. Rolf prallte gegen dessen Bauch, taumelte wie benommen zurück, um gleich darauf nach einem anderen Fluchtweg zu suchen.

Er fand ihn in einem Fenster auf der Rückseite, dessen Läden er mit einem gezielten Fußtritt aus den Angeln warf. Mit einem Hechtsprung rettete sich Rolf mitsamt seiner Fotokiste aus der Baracke. Sophie, die ihm bis zum Fenster nacheilte, hatte seine Silhouette in der Dunkelheit des Bahngeländes bald aus den Augen verloren.

Als sie sich umdrehte, fiel ihr ein Stein vom Herzen: Außer Burkhard kamen auch Jochen und ihr Vater herein, die sich mit misstrauischen Blicken in dem Holzschuppen umsahen.

»In was für einer Räuberhöhle bist du denn gelandet?«, durchbrach Jochen die immer noch angespannte Atmosphäre.

Sophie warf sich in Konrads Arme. Ohne, dass sie etwas dagegen tun konnte, rannen ihr die Tränen über die Wangen. Schluchzend erzählte sie, was ihr passiert war.

Konrad strich seiner Tochter sanft übers Haar. »Das tut mir sehr leid«, sagte er, »ich wollte dich unter keinen Umständen in eine solche Situation bringen. Hätte ich das geahnt, dann …«

»Mach dir keine Vorwürfe«, unterbrach ihn Sophie, noch immer mit den Tränen kämpfend. »Hauptsache, ihr seid jetzt hier.« Dabei wurde ihr bewusst, dass ihre Rettung alles andere als selbstverständlich gewesen war. Sie fragte: »Wie habt ihr mich denn gefunden?«

Jochen und Burkhard sahen betreten zu Boden. »Da darfst du dich bei Mama bedanken«, meinte Burkhard. »Denn wir hatten den Anschluss verpasst, als du entführt wurdest.«

»Doris hat dazu geraten, das GPS-Signal deines Handys orten zu lassen und damit deinen Standort ausfindig zu machen«, führte Konrad aus. Dank der unbürokratischen und verschwiegenen Hilfe von Jasmin Stahl war dies auch gelungen.

Auf dem Weg nach Hause in die Martin-Richter-Straße, für den sie in Burkhards Familien-Van Platz nahmen, sah sich Keller die wenigen Fotos an, die Rolf in der Baracke verloren hatte. Besonders aussagekräftig erschienen sie ihm nicht, zumal die abgebildeten Personen kaum zu erkennen waren. Nur einer der Männer, die jeweils in inniger Umarmung mit Anne abgelichtet worden waren, kam ihm vage bekannt vor. Doch solange er das Bild auch betrachtete, drehte und in unterschiedlichen Distanzen vor sich hielt, blieb es bei der blassen Ahnung, dass er dem Mann an Annes Seite schon einmal begegnet war. Ein passender Name dazu fiel ihm beim besten Willen nicht ein.

Zu Hause empfing Doris ihre Familie mit einer aufgewärmten Ochsenschwanzsuppe und aufgebackenem Baguette. Sophie durfte ihr Abenteuer noch einmal erzählen. Diesmal noch ausführlicher, weil Doris öfter dazwischen fragte, als ihr Mann es getan hatte.

Konrad Keller saß daneben, löffelte die gut gewürzte Suppe und hörte nur mit halbem Ohr zu. Denn in seinem Kopf arbeitete bereits wieder der Denkapparat des Kriminalisten, der versuchte, die verschiedenen Spuren und Hinweise auf einen Nenner zu bringen.

Dabei erwiesen sich drei Fragen als bislang unüberwindbare Hürden: Hatte die groß angelegte Erpressungswelle von Rolf und Anne etwas mit der Mordserie zu tun? Wenn ja, ob und wie war Wollschläger darin verstrickt? Etwa, indem er das zwielichtige Paar für seine Zwecke eingespannt hatte?

26

Es war spät geworden an diesem Abend, und so fiel es Keller am nächsten Morgen schwer aufzuwachen und sich bewusst zu werden: Jemand hatte an der Tür geklingelt.

Keller sah sich nach Doris um, deren Kopf tief in ihrem Daunenkissen versunken war und die fest schlief. Ein Blick auf den Wecker verriet ihm, dass es nicht einmal halb sechs war.

Als es erneut klingelte, bestand kein Zweifel mehr. Keller schlug die Decke zurück, schlüpfte in seine Birkenstocks und schlurfte leise fluchend in den Flur.

»Ich hoffe, es ist etwas Wichtiges«, rief er gereizt in die Gegensprechanlage, ohne eine Ahnung zu haben, mit wem er sprach. »Wer stört unsere Nachtruhe?«

»Die Polizei«, antwortete Jasmin Stahl, und Keller erkannte an der Strenge ihrer Stimme sofort, dass ein triftiger Anlass für ihr frühes Erscheinen vorlag.

Ein Kuss auf die Stirn seiner Frau, eine eilig notierte Nachricht, Katzenwäsche und schnelle Garderobenwahl: Weil es draußen so bitter kalt war, nahm Keller seine gefütterte Skijacke vom Haken anstatt des üblichen Mantels. Gleich darauf saß er an der Seite der jungen Kommissarin im Fond eines Streifenwagens.

»Was liegt an?«, fragte er, ein wenig aus der Puste.

»Gegenfrage«, sagte Jasmin Stahl, deren fahle Gesichtsfarbe dafür sprach, dass auch ihre Nacht kurz gewesen war. »Das Ziel Ihrer gestrigen Privatobservierung war Rolf, der Freund der ermordeten Krankenschwester, liege ich da richtig?«

Keller sah etwas besorgt auf den Fahrer des Wagens, einen uniformierten Schutzpolizisten. Seine Antwort gab er deshalb im Flüsterton: »Ja, das ist korrekt. Dank Ihrer Mithilfe durch die Ortung des Handysignals waren wir ihm dicht auf den Fersen. Aber leider ist er uns durch die Lappen gegangen. Sonst hätten wir ihn gern bei euch abgeliefert. Ich bin überzeugt davon, dass sich ein Gespräch mit ihm gelohnt hätte und er einen guten Kronzeugen gegen Wollschläger abgeben würde.«

»Tja«, meinte Jasmin ein wenig schnoddrig. »Dafür ist es zu spät.«

»Was soll das heißen?«, fragte Keller alarmiert.

»Seine Leiche wurde vor knapp zwei Stunden nahe der Bahngleise am Güterbahnhof gefunden.«

»Ist er von einem Zug erfasst worden?«, wollte Keller wissen, der diese neue Todesnachricht kaum glauben konnte und besorgt darüber war, den Mann vielleicht sogar selbst in den Tod getrieben zu haben.

Die Kommissarin verneinte. »Kopfschuss aus nächster Nähe. Es sieht ganz nach einer Hinrichtung aus.«

»Hinrichtung?« Keller war verblüfft und nicht fähig, diese Entwicklung einzuordnen.

»Die Streife fährt uns zum Tatort, aber viel ist nicht mehr zu sehen. Schnelleisen hat sich schon um alles gekümmert und die Leiche wegschaffen lassen. Ich bin quasi außen vor geblieben.«

»Das ist bedauerlich, aber sein gutes Recht«, sagte Keller, ohne großartig darüber nachzudenken. Denn er musste den Toten nicht sehen, um seine Konsequenzen aus dem Gehörten zu ziehen: Jasmin Stahl hatte soeben sein komplettes Konstrukt umgeworfen, seine Theorie zunichte gemacht und die Uhren zurück auf null gedreht. »Ein Kopfschuss ist etwas völlig anderes als ein Stromschlag oder defekte Bremsen. Wollschläger hat Rolfs Tod unmöglich vor seiner Verhaftung vorbereiten können«, sagte er und fügte matt hinzu: »Wenn er seine Zelle in der letzten Nacht nicht verlassen hat, kann er nicht unser Mörder sein.«

»Hat er nicht«, bestätigte Jasmin Stahl. »Haben wir bereits überprüft. Er lag zum Zeitpunkt des Mordes auf seiner Pritsche und schlief.«

»Wenn das so ist, bliebe die Möglichkeit eines Auftragsmords durch einen Profikiller«, unternahm Keller einen letzten Rettungsversuch für seine Theorie.

»Unwahrscheinlich«, kommentierte die Kommissarin.

»Ja, ich kann selbst nicht daran glauben.«

»Wir müssen uns wohl mit dem Gedanken anfreunden, dass Wollschlägers umfassendes Geständnis falsch war. Dass er lediglich aus Erschöpfung und gebrochenem Willen eingelenkt und alle Schuld auf sich genommen hat. Dass er zwar Motiv und Willen für die Taten aufweist, wir es letztlich aber mit einem zweiten Täter zu tun haben.«

Keller nickte langsam und nachdenklich. Sie fuhren in das Bahnhofsareal ein, vorbei an den Flatterbändern der Polizei, als Keller Einzelheiten der vergangenen Nacht preisgab und die Erpresserfotos zeigte, die er in seiner Brieftasche deponiert hatte.

»Eine neue Spur«, murmelte Jasmin, und ein Leuchten trat in ihre Augen. »Ich müsste sofort Schnelleisen darüber informieren.«

»Ja, das müssten Sie«, bestätigte Keller die junge Kollegin in ihren Pflichten.

Sie sah ihn verschwörerisch an. »Doch was ist, wenn wir wieder auf der falschen Fährte sind? Besser wäre es, die neue Spur zu untersuchen, bevor ich den Boss wegen eines Fehlalarms aufschrecke.«

Keller signalisierte mit einem freundlichen Brummen seine Zustimmung.

»Also gut!«, sagte Jasmin voller Tatendrang. »Wir nehmen uns Rolfs Wohnung vor. Polizeilich gemeldet ist er in Gibitzenhof.« Sie nannte dem Schutzpolizisten die genaue Adresse.

Rolfs Wohnung, zu der sich Jasmin Stahl gewaltsam Zutritt verschaffte und dabei in Kauf nahm, das Türschloss zu zerstören, entsprach nahezu hundertprozentig Kellers Erwartungen: Das Zwei-Zimmer-Appartement verfügte über eine Einrichtung wie aus dem

Möbelhausprospekt inklusive schwarzer Sofagarnitur, Schrankwand und großem Fernseher mit Surroundboxen. Bilder von leichtbekleideten Damen hingen an den Wänden, mehr oder weniger kunstvolle Fotografien und einige Aquarelle. Die Akte wirkten auf Keller dermaßen ungelenk, dass er darauf tippte, sie stammten von Rolf höchstpersönlich.

Ein Blick ins Schlafzimmer bestätigte das Klischee: Als Keller und Jasmin Stahl das große, runde Bett mit dem darüberhängenden Spiegel erblickten, waren sie nicht sonderlich überrascht.

»Im Bad hat er sogar einen kleinen Whirlpool eingebaut«, stellte Jasmin fest, um gleich darauf zu fragen: »Wo sollen wir mit der Suche beginnen?«

Keller, der mangels Befugnis nichts anfassen und sich auf die Rolle des Beobachters beschränken wollte, schlug vor, zunächst den Wohnzimmerschrank zu durchforsten. »Ein Arbeitszimmer oder einen Schreibtisch gibt es hier ja nicht«, begründete er seine Wahl.

Die Kommissarin nickte, zog sich ein Paar Latexhandschuhe über und durchstöberte den Schrank systematisch von unten links anfangend.

Keller schaute ihr dabei zu, wobei es ihm schwerfiel, sich selbst nicht zu beteiligen. Den Gedanken daran, dass die junge Kollegin für ihr Tun einen richterlichen Beschluss bräuchte, ließ er nur kurz aufblitzen. Denn hier war eindeutig Gefahr im Verzug. Jasmin Stahl würde ihre Legitimation im Nachhinein erhalten, dessen war er sich sicher.

»Nichts«, sagte sie, nachdem sie die Hälfte des

Schrankinhalts begutachtet hatte, aber lediglich auf eine Hausbar, eine Spielesammlung sowie Action- und Sex-DVDs gestoßen war. Der Rest des Schrankes bot nicht viel anderes.

»Dann den Kleiderschrank und die lackschwarze Kommode im Flur«, legte Keller fest. Jasmin ließ sich nicht lange bitten und folgte seiner Aufforderung.

»Wieder Fehlanzeige«, sagte sie, nachdem sie jede Schublade sorgsam durchgearbeitet hatte.

»Dann die Küche«, gab Keller vor.

Nach einer guten Stunde hatte Jasmin Stahl sämtliche Staumöglichkeiten der Wohnung durchsucht und auch potenzielle Verstecke wie Bettkasten, Vorratsbehälter und die Ritzen zwischen den Sofakissen berücksichtigt.

»Hat er einen Safe?«, tippte Keller, woraufhin Jasmin hinter jedem Bild nachsah und an Schränken rückte.

»Nichts, absolut nichts«, meinte sie schließlich und mutmaßte, dass der Flüchtige sein Erpressungsmaterial an einem anderen, unbekannten Ort aufbewahren könnte.

»Wo sollte dieser Ort denn sein?«, zog Keller ihre Annahme in Zweifel. »Mehr als den Schuppen auf dem alten Bahngelände hat er ganz bestimmt nicht zu bieten.« Er dachte laut nach: »Die Schachtel mit den Fotos hat er zwischenzeitlich sicher vernichtet. Aber wo steckt die Kameraausrüstung, mit der er diese Bilder und wohl auch seine vielen Akte geschossen hat? Und wo das Laptop, auf dem er sie archiviert?«

»Entweder im Auto seines Kompagnons beziehungsweise Fahrers«, riet Jasmin.

»Glaube ich nicht.«

»Oder es gibt einen Speicher oder ein Kellerabteil, das zu dieser Wohnung gehört.« Sie deutete auf ein Schlüsselbrett, an dem neben einem Briefkastenschlüssel ein weiterer, größerer hing. Sie nahm ihn ab und hielt ihn Keller hin. »Versuchen wir es unten oder oben?«

»Unten«, entschied Keller impulsiv.

Die Suche wurde ihnen dadurch erleichtert, dass die Bretterverschläge, die die einzelnen Kellerparzellen voneinander abtrennten, von einem wohlmeinenden Hausverwalter durch Tafeln gekennzeichnet waren, auf denen die Namen der Mieter standen.

Während Keller nach seiner Lesebrille suchte, um die recht kleine Schrift entziffern zu können, meldete Jasmin Stahl bereits den Erfolg: »Hier, Chef!«, rief sie ihm vom Ende des Gangs zu.

Sie probierte den Schlüssel aus. Er passte, ließ sich aber nicht drehen.

»Soll ich mal versuchen?«, fragte Keller, erntete dafür jedoch einen genervten Blick.

Nach weiteren, zunächst vorsichtigen, dann beherzten Versuchen brachte die Kommissarin die Tür auf.

»Wow!«, entfuhr es Jasmin, als sie den winzigen, aber akkurat aufgeräumten Raum betraten. Der Ausdruck ihres Erstaunens bezog sich weniger auf ein Tischchen, auf dem das gesuchte Laptop lag, sondern auf die mit Fotos übersäten Wände. Vom Sockel bis zur Decke hingen Ausdrucke der heimlich geschossenen Motive, daneben waren Zettel mit Datum, Uhrzeit, Ort und Namen der Erpressungsopfer angepinnt worden.

»Das macht uns die Sache leichter«, sagte Keller freudig überrascht. »Verbrecher, die Ordnung halten, sind mir die liebsten.«

»Mir auch«, stimmte Jasmin zu und zückte ihr Handy. »Es ist an der Zeit, Schnelleisen Bescheid zu geben.«

»Ja, was sein muss, muss sein«, bestätigte sie Keller in ihrem Vorhaben.

»Mist, kein Empfang«, sagte Jasmin Stahl. »Ich gehe schnell nach oben. Passen Sie solange auf?«

»Klar«, sagte Keller und war im nächsten Augenblick allein. Mit einer inzwischen in der Innentasche seine Skijacke gefundenen Ersatzbrille auf der Nase betrachtete er die Fotos und wunderte sich, wie viele Männer unterschiedlichsten Alters dem Pärchen auf dem Leim gegangen waren.

Während er die meisten Bilder nur flüchtig ansah und sich sogleich der nächsten Reihe zuwandte, kam er bei einem der abgelichteten Herren ins Stocken. Er sah noch einmal genauer hin, begann mit den Bildern in seinem Kopf zu vergleichen, stellte abermals eine frappante Ähnlichkeit fest. Letzte Gewissheit gab ihm das sorgsam platzierte Schildchen mit dem unabgekürzten Namen.

Keller setzte sich über seine eigenen Maßregeln hinweg und nahm eines der Fotos von der Wand. Er konnte seinen Blick nicht von der Aufnahme in seiner Hand lösen. Denn er kannte diesen Mann. Es war derselbe, der auf einem der Bilder abgebildet gewesen war, die Rolf bei seiner überstürzten Flucht aus der Baracke verloren hatte. Keller hatte ihn auf der ersten unscharfen Aufnahme nicht zuordnen können, jetzt aber schon!

Er fragte sich, welche Folgen seine Entdeckung auf die weiteren Ermittlungen haben würden. Große oder kleine? War er auf den entscheidenden Hinweis gestoßen oder bloß auf ein weiteres unbedeutendes Teilchen eines großen Puzzlespiels? Er konnte dies unmöglich auf die Schnelle beurteilen. Er brauchte Zeit, um seinen Fund zu deuten – und entschied sich dafür, Jasmin Stahl vorläufig nichts darüber zu sagen. Sie und ihre Kollegen würden in absehbarer Zeit selbst auf die Aufnahmen stoßen und Maßnahmen ergreifen, wenn sie es für nötig hielten.

»Schnelleisen ist unterwegs«, sagte Jasmin Stahl außer Puste, als sie zurück ins Kellerabteil kam.

»Dann mache ich mich aus dem Staub«, meinte Keller.

»Ist wohl das Beste«, stimmte die Kommissarin zu und mied seinen Blick.

»Schon okay, ich habe hier nichts zu suchen«, sagte Keller freundlich. »Danke, dass Sie mich überhaupt mitgenommen haben.«

Er war bereits im Begriff zu gehen, als die Kommissarin fragte: »Wie kommen Sie nach Hause?«

»Bus oder Straßenbahn. Ist kein Problem. Ich komme schon klar.«

27

Sein Handy konnte er nicht finden, was wohl an der Skijacke lag, zu der Keller am frühen Morgen gegriffen hatte; wahrscheinlich steckte das Ding noch in der Tasche seines Mantels. Er musste sich nach einer Telefonzelle umsehen, um seine Frau zu erreichen, und hatte Glück, eine dieser klassisch gelben Raritäten in der Nähe der Bushaltestelle zu entdecken.

»Guten Morgen, Schatz, hast du meine Nachricht gefunden?«, meldete er sich.

»Ja, ich hoffe nur, es wird nicht zur Gewohnheit«, antwortete Doris leicht säuerlich.

»Keine Sorge. Es dreht sich immer noch um meinen letzten Fall. Solange der nicht abgeschlossen ist, finde ich keine Ruhe. Aber danach ...«

»Mach keine voreiligen Versprechungen.«

»Glaub mir, Doris, ich gehöre nicht zu den Typen, die nicht loslassen können. Wenn ich diese eine Sache durchgezogen habe, hänge ich das Kriminalerleben ein für alle Mal an den Nagel. Verspro...«

»Ich sagte doch: Gib keine Versprechen ab, die du hinterher nicht halten kannst.«

Keller schmunzelte. »Manchmal habe ich das Gefühl, dass du mich besser kennst als ich mich selbst. Also gut: Ich *bemühe* mich, nach Abschluss dieses Falls ein ganz normales Rentnerleben zu führen. Und mit dir auf Reisen zu gehen.«

»Schon besser. – Kommst du jetzt heim? Ich habe mit dem Frühstück auf dich gewartet.«

Keller sah auf die Uhr. »Hm. Mit dem Frühstück wird es nichts werden. Ich muss noch etwas erledigen.«

»Ach, ja? Was denn, wenn man fragen darf?« Das Misstrauen in ihrer Stimme ließ sich nicht überhören. Oder war es Sorge?

»Ich fahre noch einmal raus zum Klinikum. Ich möchte mich mit einem der Ärzte unterhalten. Seine Meinung interessiert mich.«

»Wenn du meinst. Dann erwarte ich dich aber spätestens zum Mittagessen. Es gibt saure Zipfel, dein Leibgericht.«

»Ich kann es kaum erwarten«, sagte Keller im schmeichelhaftesten Ton, den er zustande brachte.

Mit Schnelleisen strömten drei Beamte der Spurensicherung in den kleinen Kellerraum und begannen ihr emsiges Treiben. Jasmin Stahl schilderte ihrem Vorgesetzten kurz und prägnant die Sachlage, wobei sie der hochgewachsene Kripochef streng ansah, als versuchte er, sie mit seinen kalten, grauen Augen zu durchleuchten.

»Das ist alles?«, fragte er, wobei der Vorwurf mitschwang, dass sie ihm etwas verheimliche.

»Ja, das ist alles«, sagte Jasmin Stahl und schloss sich der Arbeit ihrer Kollegen an, um nicht länger mit Schnelleisen reden zu müssen.

Es vergingen keine zehn Minuten, bis die ersten Meldungen laut wurden: »In dieser Fotoreihe wurde erst vor Kurzem ein Bild entfernt«, zeigte eine junge Beamtin in weißem Overall an. »Das Türschloss weist Aufbruchspuren auf«, kam es fast zeitgleich von einem anderen Tatortspezialisten, der mit Lupe und Stabtaschenlampe neben der Tür kniete.

»Der Reihe nach«, bestimmte Jasmin Stahl und zog sich einen weiteren bösen Blick ihres Chefs zu. Sie stellte sich neben die Kollegin, die auf das fehlende Bild hingewiesen hatte, und las das Namensschild, mit dem die Fotoreihe gekennzeichnet war. »Donnerwetter!«, rief sie.

Schnelleisen stand mit einem großen Schritt neben ihr. »Was ist?« Er kniff die Augen zusammen, um den Namen ebenfalls lesen zu können. »Prof. Dr. Joseph Hancke«, las er stockend. »Ist das nicht der …«

»Ja«, unterbrach Jasmin Stahl seinen nur langsam anlaufenden Denkprozess. »Genau der!«

Keller verließ den Bus und schritt den langen, breiten Weg zum Haupteingang des riesigen Krankenhauses ab. Der Weg, auf den letzten hundert Metern mit Glas überdacht, hätte den Namen Boulevard verdient, denn er wirkte auf Keller in gewisser Weise majestätisch. Der hohe, breite, ausladende Gebäudekomplex, auf den er zusteuerte, könnte trotz der modernen Bauweise auch ein Schloss oder eher noch eine Burg darstellen. Eine Burg, in der sich statt Rittern und Edelfräulein die Ärzte und Ärztinnen, Schwestern, Pfleger und Verwaltungskräfte mit Ränkeschmieden, Intrigen und offenen Feindschaften das Leben zur Hölle machten.

So jedenfalls sah es Keller, der sich mit schwerwiegenden Vorwürfen gegenüber dem Burgherrn plagte und als Beweis dafür eine Fotografie bei sich trug.

Konrad Kellers Vermutung war dermaßen heikel und gewagt, dass er den Ärztlichen Direktor unmöglich sogleich persönlich mit dem konfrontieren konnte, auf das er gestoßen war. Denn niemand anderes als der Ärztliche Direktor, der oberste Krankenhausboss höchstselbst, war auf dem Foto zu sehen, das er in Rolfs Keller von der Wand genommen hatte: Prof. Dr. Hancke, der Chef des Klinikums, in flagranti abgelichtet mit Krankenschwester Anne!

Da es nur einige wenige Personen gab, die Keller im Klinikum bekannt waren und mit denen er während der Mordermittlungen zu tun gehabt hatte, wollte er sich an Dr. Bartels wenden. Ihn hatte er in Zusammenhang mit dem Verdacht gegen Wollschläger verhört, und Bartels hatte auf ihn den Eindruck eines Mannes nicht nur mit Sachverstand, sondern vor allem auch mit gesundem Menschenverstand gemacht. Steffen Bartels erschien Keller daher als geeigneter Gesprächspartner für ein erstes, vorsichtiges Ausloten der Rolle des Ärztlichen Direktors.

»Und jetzt zu Ihnen«, übernahm Schnelleisen das Zepter, ehe Jasmin Stahl abermals vorpreschen konnte. Der hünenhafte Hauptkommissar beugte sich zu dem Kollegen am Türschloss hinunter. »Sie sagen, diese Tür wurde aufgebrochen? Kann das unser Heißsporn gewesen sein?«, fragte er mit Blick auf Jasmin Stahl.

»Die Spuren stammen von einem nicht fachmännisch benutzten Dietrich«, erklärte der Ermittler sachlich.

»Ich habe den Schlüssel benutzt«, rechtfertigte sich Jasmin Stahl, »aber er ließ sich schwer drehen und hakte. Darüber habe ich mich auch schon gewundert.«

Schnelleisen legte seinen Zeigefinger ans Kinn, wohl um eine Denkerpose vorzugeben. Getragen erklärte er: »Wenn sich jemand vor Ihnen Zutritt zu dem Kellerabteil verschafft hat, kann das nur dem Zweck gedient haben, etwas aus diesem Raum zu stehlen.« Er nahm den Finger langsam aus dem Gesicht und zeigte auf die Fotoreihe des Klinikchefs. »Der unbekannte Einbrecher hatte es auf das fehlende Foto abgesehen, weil …«

»Weil?«, fragte Jasmin Stahl, da ihr Chef nicht weiterredete. »Das ergibt doch keinen Sinn: Wenn jemand die Bilder des Ärztlichen Direktors verschwinden lassen wollte, hätte er alle entfernt und nicht bloß eines.«

»Vielleicht wurde er gestört«, suchte Schnelleisen nach einer Erklärung und sah die Kommissarin finster an. »Vielleicht durch Sie.«

»Dann wäre er mir direkt in die Arme gelaufen«, entgegnete Jasmin Stahl. »Hier gibt es nur den einen Ein- und Ausgang.«

Schnelleisen wollte ihr abermals widersprechen, sie zurechtweisen, doch die unvermindert weiterarbeitenden Spurensicherer hatten zwei neue Entdeckungen zu vermelden:

»An dem Laptop hat sich jemand zu schaffen gemacht«, sagte einer der weißgewandeten Kollegen.

»Die Festplatte ist komplett leer, alle Dateien und Backups sind gelöscht worden.«

»Hier unten wurden ebenfalls Fotos entfernt«, sagte eine Kollegin, die auf dem Boden kauerte und die Wand knapp oberhalb des Sockels untersuchte. »Mehrere Bilder, wahrscheinlich eine komplette Reihe inklusive Namensschild.«

Keller fand den Weg in dem labyrinthischen Gebäudekomplex ohne Mühen. Sein Orientierungssinn half ihm dabei ebenso wie sein gutes Gedächtnis, was Örtlichkeiten anbelangte.

Noch bevor er den Trakt der Chirurgie erreichte, erspähte er Dr. Bartels in einer Teeküche, die rechts des Gangs lag. Durch eine wandhohe, mit Fensterbildern verzierte Scheibe sah er den Arzt im fröhlichen Plausch mit zwei Krankenschwestern. Bartels stand locker neben einer Sitzecke, einen Fuß auf ein Sitzpolster gesetzt, den Ellenbogen auf dem Knie, das Kinn auf der rechten Handfläche ruhend. Die andere Hand steckte leger in der Hosentasche. Glänzend sah er aus, dachte Keller. Die Verkörperung des stets gebräunten, gut situierten Mediziners, der sich mit Tennis fit hielt und mit dem Porsche zur Arbeit brauste.

Er klopfte an die Scheibe.

Bartels sah zu ihm auf, hob verwundert die Brauen, überspielte seine Überraschung jedoch schnell mit einem gewinnenden Lächeln. »Na, so was«, empfing er den Ex-Kommissar. »Ich dachte, die Ermittlungen sind eingestellt. Sie haben Ihren Mörder doch längst.«

Keller nickte den beiden neugierig herüberschauenden Schwestern zu. »Entschuldigen Sie bitte, meine Damen. Ich muss Ihnen den Doktor für einige Minuten entführen.« An Bartels gewandt, sagte er leise: »Der Fall ist an sich gelöst, da haben Sie recht. Aber es haben sich im Nachhinein einige Aspekte ergeben, zu denen ich gern Ihre Meinung als Insider hören würde.« Keller vermied es zu erwähnen, dass er selbst keinerlei Legitimation mehr für derartige Nachforschungen besaß.

»So?«, fragte Bartels und wirkte abermals überrascht. Mit einem schnellen Blick auf die unverwandt auf sie starrenden Krankenschwestern schlug er vor: »Was halten Sie von einem Spaziergang an der frischen Luft? Wir haben eine Hochterrasse, die im Sommer regelmäßig wegen Überfüllung geschlossen werden müsste, im Winter aber kaum frequentiert wird. Dort können wir uns ungestört unterhalten.«

»Warum nicht«, stimmte Keller zu. »Ich werde Sie nicht lange aufhalten.«

Jasmin Stahl klebte förmlich an der Kollegin, die die fehlende Bilderreihe angezeigt hatte, und forderte genauere Informationen: »Wie viele Fotos wurden entfernt? Ist das Namensschild wirklich auch verschwunden? Sind Sie sicher, dass alle Bilder dieser Reihe fehlen?«

Etwas genervt antwortete die Befragte: »Ich weiß es nicht, ja, ja.«

»Hä?«, gab Jasmin Stahl ebenfalls genervt von sich.

»Die Antworten auf Ihre Fragen: Wie viele Fotos entfernt wurden, weiß ich nicht. Ob das Namensschild verschwunden ist, ja. Ob wirklich alle Bilder weg sind, noch mal ja. Die Fotos, die hier einmal hingen, haben einen feinen, mit bloßem Auge kaum erkennbaren Rand hinterlassen. Ebenfalls das Kärtchen mit dem Namen des Abgebildeten.«

»Was kann das bedeuten?«, fragte Schnelleisen mit raumfüllender Stimme. Er sprach besonders laut, um seine Führungsrolle zu untermauern.

Die Beamtin am Boden zuckte die Schultern. »Ich kann nur sagen, was ich sehe. Die Beurteilung davon überlasse ich Ihnen.«

»Wie? Mir?« Schnelleisen wirkte für den Moment hoffnungslos überfordert, redete aber gegen seine offensichtliche Hilflosigkeit an: »Frau Stahl, klemmen Sie sich ans Telefon und kriegen Sie raus, ob es im Klinikum jemanden gibt, der noch wichtiger ist als der Ärztliche Direktor. Denn das ist unser Mann!«

Die Kommissarin sah ihren Vorgesetzten mit großen Augen an. Was, dachte sie, ging in dessen Kopf vor? Hatte er denn überhaupt keine Ahnung von seinem Job? Wie, zum Teufel, konnte es ihm gelingen, so hoch aufzusteigen?

Keller hatte sich bislang nicht besonders viele Gedanken darüber gemacht, was Steffen Bartels für ein Mensch war. Er wirkte verlässlich, entschieden und mit einem gesunden Durchsetzungsvermögen ausgestattet. Aber sonst? Durfte Keller dem Arzt wirklich trauen? Zumindest so sehr trauen, dass er ihn mit einem schwerwiegenden Verdacht gegen dessen disziplinarischen Vorgesetzten konfrontieren und illoyale Auskünfte von ihm verlangen konnte?

Auf dem Weg durch die breiten, hellen Flure und Gänge des Klinikums musterte Keller seinen Begleiter daher umso intensiver und versuchte, aus Haltung und Mimik des Arztes Rückschlüsse auf seinen Charakter zu ziehen: Bartels war eine aufrechte Erscheinung, die Keller um Kopfeslänge überragte. Er hatte einen dunklen Teint, der ebenso für einen kürzlich genossenen Urlaub wie für regelmäßige Besuche im Solarium sprechen konnte. Die Gesichtshaut selbst wies eine Vielzahl kleiner Pocken- oder Aknenarben auf, die aber nur aus der Nähe zu sehen waren und seinem guten Aussehen nicht schadeten. Die schwarzen Haare trug er im Nacken bis knapp über dem Kragen seines Arztkittels, sie waren gescheitelt und an seinen Schläfen grau meliert. Die Nase wies einen leichten Bogen auf, der Mund dünne, ein wenig spröde Lippen.

Am meisten beschäftigten Keller die Augen: dunkelbraun, intensiv und neugierig blickend, ständig in Bewegung. Als wären sie fortwährend auf der Suche? Oder auf der Flucht? Wichen sie Kellers Blicken etwa aus?

Sie hatte ihre liebe Not damit, ihren Chef davon abzubringen, in blinden Aktionismus zu verfallen: »Wir müssen nicht nach dem wichtigsten Mann im Klinikum suchen«, redete Jasmin Stahl beschwörend auf Hauptkommissar Schnelleisen ein, »sondern nach dem Erpressbarsten.«

»Das läuft wohl auf ein und dasselbe Ergebnis heraus«, gab Schnelleisen bärbeißig von sich und wies auf die überall angehefteten Fotos. »Hier ist eine ganze Armee hormongesteuerter Männer versammelt, die in die Sexfalle getappt sind. Am erpressbarsten ist derjenige, der am meisten zu verlieren hat, sprich: der über das dickste Gehaltskonto verfügt.« Er sah sich Beifall heischend nach den anderen Mitarbeitern um, doch ein jeder widmete sich stumm seinen Aufgaben.

»Das ist eine reine Vermutung«, wagte Jasmin Stahl die offene Konfrontation.

»Das ist gesunder Menschenverstand gebündelt mit jede Menge Berufserfahrung«, versuchte Schnelleisen sie zum Schweigen zu bringen.

Doch so schnell war sie nicht kleinzukriegen! »Da eine ganze Fotoreihe fehlt, können wir nicht automatisch davon ausgehen, dass es sich um dieselbe Sorte von Erpresserfotos handelt wie hier sonst überall.«

»Ach? Nicht?« Schnelleisen bedachte sie mit einem süffisanten Blick. »Wovon denn sonst?«

»Ich weiß es nicht«, antwortete Jasmin Stahl kleinlauter als kurz zuvor.

»Sie weiß es nicht.« Schnelleisen stieß ein abgehacktes Lachen aus. »Haben Sie das gehört, Kollegen? Sie weiß es nicht.« Er lachte abermals, wobei sein Triumph deutlich mitschwang. »Weiß alles besser, aber wenn es ums Eingemachte geht, dann eben doch nicht.«

»Ich kann nur vermuten, dass Rolf und Anne bei der fehlenden Person X keinen Erfolg mit der üblichen Masche hatten, aber vielleicht durch einen Zufall auf einen anderen schwachen Punkt gestoßen sind. Eine Achillesferse, die sich weitaus lukrativer ausschlachten ließ als die üblichen kleinen Erpressungen.«

»Gerede, nichts als Gerede.« Schnelleisen baute sich vor ihr auf, stemmte die Fäuste in die Hüften. »Haben Sie Beweise für Ihre wirren Vermutungen? Etwas Konkretes, Greifbares? Oder vielleicht einen Vorschlag, was wir tun sollen? Wo wir Ihren erpressbaren Achilles antreffen können?«

Sie verließen das Treppenhaus im obersten Stockwerk und gelangten auf eine Terrasse, die dem großzügigen und auf Weite und Transparenz ausgerichteten architektonischen Stil der gesamten Anlage mehr als gerecht wurde: Keller sah vor sich eine Plattform, die der Winter zwar fest im Griff hatte wie alles andere unter freiem Himmel, doch an den vielen, derzeit kahlen Stämmen, Ästen, Strauchwerken und Rabatten erkannte Keller, dass bei der Anlage dieses Freiluftrefugiums nicht an Grün gespart worden war. Vielleicht, so ging es ihm durch den Kopf, lag dies daran, dass seinerzeit beim Bau des Klinikums ein grüner Bürgermeister die Fäden in der Hand gehalten hatte. Das lag lange zurück, in den frühen 90er-Jahren, damals, als er selbst noch im Zenit seines Berufsleben stand.

»Was möchten Sie denn von mir wissen?«, fragte Dr. Bartels und legte ein straffes Tempo vor, um die Weitläufigkeit der Terrasse zu nutzen.

Keller fand schnell zurück zur Sache: »Die Polizei geht nicht mehr einzig und allein von der These aus, dass

Wollschläger hinter den Morden steckt. Inzwischen hat sich ein weiterer Todesfall ereignet.« Er machte eine kurze Pause, um Bartels Reaktion abzuwarten. Doch der sah ihn nur fragend und abwartend an. Keller führte also aus: »Ein Pfleger aus Ihrem Bereich wurde erschossen. Diesmal kann es Wollschläger unmöglich vorbereitet oder veranlasst haben.«

»Noch ein Mord? Schrecklich.« Bartels fuhr sich mit der Hand über die Stirn. »Aber warum rücken Sie von Ihrem Anfangsverdacht ab? Wer Narkosegeräte kurzschließt und Autobremsen manipuliert, der findet auch einen Weg, um einen unliebsamen Krankenpfleger loszuwerden.«

»Das ist möglich, aber nicht sehr wahrscheinlich«, entgegnete Keller. Sie waren am Rand der Terrasse angelangt und lehnten sich an eine Brüstung. Von hier aus bot sich ihnen ein weiter Blick über die Baumwipfel des angrenzenden Kiefern- und Fichtenwaldes.

»Ah, jetzt verstehe ich«, sagte der Arzt. »Sie ziehen Ihren eigenen Verdacht zurück, weil Sie mich in Sicherheit wiegen wollen. Sie wollen verhindern, dass ich mich als nächstes Opfer sehe und durchdrehe?« Bartels schmaler Mund wurde von einem Lächeln umspielt, als er sagte. »Da brauchen Sie sich keine Sorgen zu machen. Wie schon gesagt: Ich kann auf mich selbst aufpassen.«

Keller spürte trotz seiner Skijacke, die er trug, die Kälte. »Nein, darum geht es nicht«, sagte er bibbernd. »Im Übrigen darf ich Ihnen nicht länger vorenthalten, dass ich nicht in offizieller Mission bei Ihnen bin. Sie

stehen einem Privatmann gegenüber. Ich führe dieses Gespräch aus persönlicher Motivation heraus.«
»So?« Bartels wirkte überrascht. »Dann verstehe ich nicht ganz, warum …«
»Wollen wir nicht wieder reingehen?«, schlug Keller vor. »Es ist ziemlich frostig hier draußen.«
Bartels blieb unbewegt stehen. »Sagen Sie mir bitte: Was genau hat Sie zu mir geführt? Was erwarten Sie von mir zu hören?«

Ein Einsatzkommando war unterwegs nach Schwaig. Auf den Weg geschickt von Hauptkommissar Winfried Schnelleisen, um Prof. Dr. Hancke auf seinem privaten Anwesen, einer dem Vernehmen nach mondänen Villa, festnehmen zu lassen. Für Schnelleisen blieb mangels Alternativen der Ärztliche Direktor des Südklinikums der Verdächtige Nummer eins – und Jasmin Stahl hatte nicht die geringste Chance, ihn von diesem Unterfangen abzuhalten.
Ihr blieb nichts anderes übrig, als auf sich selbst gestellt ihrem eigenen Verdacht nachzugehen und denjenigen zu suchen, dem Rolfs und Annes größter und letzter Erpressungscoup gegolten hatte. Auf dem Weg zurück in Präsidium zermarterte sie sich das Gehirn, denn kein einziger konkreter Hinweis und kein sonstiger Anhaltspunkt half ihr bei der Gedankenarbeit. Alles, woran sie sich festhalten konnte, war eine sehr vage Vorstellung von dem, was hinter den Todesfällen und der fehlenden Fotoreihe aus Rolfs Kellerbüro stecken könnte.

Sie nahm ihre Umgebung kaum wahr, ließ sich im Streifenwagen kutschieren wie ein unbeteiligter Fahrgast im Taxi. Dabei durchspielte sie sämtliche vorstellbaren Szenarien und versuchte sich in die Rollen, in das Denken des Erpresserpärchens einzufinden. Vielversprechend erschien ihr schließlich die Methode, das Jagdrevier der beiden einzugrenzen: Wo hatten Rolf und Anne ihre Opfer gefunden? Samt und sonders unter den Patienten des Südklinikums, wo sie sie auspähten und die Verführungsmasche ihren Anfang nahm. Folglich musste auch das letzte Opfer, das sich tödlich rächte, unter den früheren Patienten zu suchen sein. Doch die Anzahl der in den vergangenen Wochen und Monaten behandelten Männer dürfte enorm groß sein. Unmöglich, diese auf die Schnelle zu überprüfen.

Es war zum Verzweifeln! Jasmin Stahl schnaubte vor Wut und Frust und zog sich einen skeptischen Blick des Fahrers zu.

Keller, dem die an den Beinen emporsteigende Kälte zu schaffen machte, war drauf und dran, Dr. Bartels gegenüber den Verdacht gegen den Ärztlichen Direktor darzulegen. Angesichts der frostigen Temperaturen auf der Dachterrasse wollte er das Gespräch jedoch abkürzen oder nur die Überleitung für einen ausführlicheren Plausch in der warmen Teeküche vorbereiten: »Um es freiheraus zu sagen, hege ich einen Verdacht gegenüber jemandem aus dem Klinikpersonal. Jemanden aus der hohen Hierarchieebene.«

»Einen von uns?«, fragte Bartels laut, fast aufgebracht.

Keller, von der plötzlichen und heftigen emotionalen Reaktion überrascht, überwand sich dazu, sein Wärmebedürfnis zu unterdrücken und den Arzt an Ort und Stelle in Kenntnis zu setzen.

Er wollte den Namen von Prof. Dr. Hancke bereits aussprechen, doch etwas im Blick von Dr. Bartels hielt ihn davon ab. Es war ein kaum wahrnehmbares Funkeln in Bartels braunen Augen, die Keller innehalten ließ und seine inneren Alarmglocken zum Klingen brachten.

28

»Lust auf Essen?«, fragte Jochen, der sich heute eine ausgedehnte Mittagspause gönnte und ordentlichen Appetit mitbrachte.

Denise hatte es sich in seiner Wohnung gemütlich gemacht, trug flauschig weiße Wollsocken und ein weißes T-Shirt, das ihr bis knapp über die Knie reichte. Sie sah ihn mit kaum versteckter Begierde an: »Ich habe Lust auf *dich*.«

Er sagte »Oh« und wirkte unschlüssig.

Sie machte ihm einen Vorschlag: »Wir lassen uns eine

Pizza kommen, sehen uns eine deiner Blu-rays an, und dann kannst du nachschauen, was ich unter dem T-Shirt trage.«

Doch kaum hatte sie ausgesprochen, fiel sie über ihn her. Kreisende Becken, ihre Lippen auf seinen. Die Zeit verflog wie im Rausch.

Als sie fertig waren, keuchte er: »Was ist jetzt mit der Pizza?«

Denise machte nicht den Eindruck, als würde ihr die erste flotte Begrüßungsrunde gereicht haben, denn sie machte Anstalten, sich ihren neuen Lover gleich noch einmal vorzunehmen.

Doch das Telefon funkte ihr dazwischen und verschaffte Jochen eine willkommene Verschnaufpause.

»Keller?«, meldete er sich und warf seiner Flamme eine Kusshand zu.

»Ich bin's, deine Mutter.«

»Doris?« Jochen gab Denise ein Zeichen, sich noch ein wenig zu gedulden. »Was gibt es denn? Ist selten, dass du mich einfach so anrufst.«

»Außer am Wochenende, was?«, gab sie schalkhaft zurück. »Du hast ja recht. Man telefoniert viel zu selten miteinander.«

»Ja, aber nur um zu plaudern hast du dich ganz bestimmt nicht gemeldet.«

»Nein, es geht um deinen Vater. Ich mache mir Sorgen.«

»Sorgen um Konrad?« Jochen runzelte die Stirn. Denise rutschte näher an ihn heran, um mithören zu können. »Ist er denn nicht zu Hause bei dir?«

»Nein, du weißt doch: Er ist ein Streuner, schlimmer noch als unsere Hauskatze.«

»Jetzt übertreibst du.«

»Zugegeben. Aber nachdem er mich beim Frühstück versetzt hat, versprach er mir, zum Mittagessen daheim zu sein.«

Jochen sah auf die Uhr. »Zu einem späten Mittagessen könnte er es schaffen.«

Doris ging über diese Bemerkung hinweg. »Er wollte noch einmal ins Klinikum fahren, sich jemanden vornehmen. Keine große Sache, wie es sich anhörte.«

»Aber nun hast du doch ein mulmiges Gefühl?«, mutmaßte Jochen.

»Ja.« Doris sog die Luft ein, atmete hörbar wieder aus. »Ich habe versucht, ihn auf seinem Handy zu erreichen. Aber er geht nicht dran.«

Jochen lachte erleichtert auf. »Wenn das alles ist! Liebe Frau Mama, solltest du vergessen haben, dass in Krankenhäusern Handys abgeschaltet werden müssen, da sie sonst die empfindlichen medizinischen Geräte stören?«, versuchte er sie zu beruhigen, obwohl er wusste, dass dieses Verbot nur für Intensivstationen galt.

»Ich mache mir trotzdem Sorgen.«

»Gib Konrad etwas Zeit«, appellierte Jochen an seine Mutter. »Versuch in einer halben Stunde noch einmal, ihn anzurufen, dann nimmt er bestimmt ab. Oder er ist bis dahin längst bei dir. Vielleicht bringt er sogar Blumen mit.«

»Ha, wie süß!« Doris lachte nun auch. »Du hältst ja große Stücke auf deinen Vater.«

»Ziemlich große«, meinte Jochen und verabschiedete sich. Gerade rechtzeitig, um sich der nächsten Herausforderung durch seine junge Freundin zu stellen.

»Kommst du mit in die Kantine?«, wurde Jasmin Stahl von einem in etwa gleichaltrigen, aber rangniedrigen Kollegen angesprochen, kaum dass sie die Garage des Fuhrparks verlassen und das Präsidiumsgebäude betreten hatte. Mit gekünsteltem Lächeln lehnte sie ab. Sie hatte es eilig, in ihr Büro zu gelangen, die Tür hinter sich zu schließen und darüber nachzudenken, wie sie sämtliche männliche Patienten des Südklinikums der letzten sechs Monate in einem Verzeichnis unterbringen konnte, das sich schnell und beliebig nach bestimmten Kriterien durchforsten ließ. Dabei waren die sechs Monate ebenso frei gewählt wie die Kriterien. Denn all ihre Versuche, eine Systematik in ihre Ermittlungsarbeit zu bringen, scheiterten an der Dürre der zugrunde liegenden Informationen.

Wenn sie sich selbst gegenüber ehrlich sein wollte, musste sie zugeben, dass sie im Nebel stocherte. Aber Jasmin Stahl wollte es nicht zugeben! Sie war nicht bereit dazu, sich einzugestehen, dass der Täter sie längst abgehängt hatte, ihr durch die Maschen geschlüpft war, ihr hoffnungslos überlegen zu sein schien. Während Schnelleisen einer wahrscheinlich falschen Spur folgte, indem er dem Krankenhauschef an den Kragen wollte, erging es ihr keinen Deut besser. Auch sie brachte den Fall nicht weiter. Nicht einen Millimeter!

Es klopfte an der Bürotür.

»Herein!«

»Äh, hallo, störe ich?«

Schon wieder der Kollege von vorhin. Der nervte kolossal! »Um ehrlich zu sein: ja.« Jasmin hatte keine Lust, sich zu verstellen.

Doch der junge Mann blieb am Ball: »Ich wollte nur fragen, ob du es dir nicht noch einmal überlegst? Ein kleiner Happen zwischendurch, oder hast du schon gegessen?«

»Nein«, sagte sie resolut. »Ich habe heute auch keinen Bock mehr, mich mit 'nem Bullen an einen Tisch zu hocken.«

Das saß! Der Kollege wirkte eingeschnappt: »Dann halt nicht. Such dir eben einen anderen, der kein Bulle ist. Viel Glück!«

»Danke«, gab Jasmin noch immer angespannt von sich, schickte aber ein »Nichts für ungut!« hinterher.

Essen gehen mit einem, der kein Bulle ist? Der Ratschlag klang in ihren Gedanken nach. – Und plötzlich setzte sie sich senkrecht auf. Ihr kam eine neue Idee: Bulle, kein Bulle. Patient, kein Patient. Wer behauptete denn, dass Rolf und Anne sich ihre Opfer hauptsächlich unter den Patienten gesucht hatten? Schnelleisen war zwar ein Idiot, lag aber mit seiner Hatz auf den Ärztlichen Direktor vielleicht doch nicht vollends daneben. Denn Jasmin erkannte jetzt die Möglichkeit, dass sich das Erpresserpaar auch andere Ärzte vorgenommen haben könnte. Womöglich einen aus dem OP-Team von Wollschlägers Tochter? Einen, der Wollschlägers Attentat zum Anlass genommen hatte, um selbst aufzuräumen und sich lästige Mitwisser und Mitesser vom Leib zu schaffen?

Diese Erkenntnis traf sie wie ein Blitz aus heiterem Himmel. Plötzlich ließen sich viele der Fragen, mit denen sie sich gequält hatte, beantworten. Vieles, was vorher keinerlei Sinn ergeben hatte, erschien ihr nun erklärbar und geradezu logisch.

Doch, musste sie sich fragen: Um wen handelte es sich? Und worin bestand sein düsteres Geheimnis?

»Wenn du willst … – jetzt hätte ich auch Hunger auf 'ne Pizza«, raunte Denise und rekelte sich auf Jochens breitem Bett.

»Zu spät«, sagte er und begann damit, sich anzuziehen. »Ich muss zurück in die Redaktion. In einer halben Stunden haben wir Schlagzeilenkonferenz, da darf ich nicht fehlen.«

»Aber dir täte eine Stärkung gut«, meinte Denise und betastete prüfend seinen Unterleib. »Soll ich eine Thunfischpizza für dich kommen lassen? Fisch enthält Eiweiß, kannst du gebrauchen.«

»Lass gut sein.« Er schob ihre Hand beiseite. »Für heute ist genug. Ich muss mit meinen Kräften haushalten in meinem Alter.«

»Oje, du Armer«, meinte Denise mit sprühender Ironie, schaffte es jedoch nicht, Jochen abermals zu verführen.

Er wollte sich gerade von ihr verabschieden, als das Telefon wieder klingelte. Noch einmal seine Mutter?

»Hallo Jochen? Burkhard am Apparat.«

»Bruderherz? Ruft heute denn die ganze Familie an?«

»Was meinst du?«

»Doris hat sich vorhin gemeldet. Ungewöhnlich, mitten in der Woche.«

»Ja, bei mir hat sie auch angerufen. Vater wird sehnlichst vermisst.«

»Vermisstenanzeigen werden aber erst nach Ablauf von 48 Stunden angenommen, wenn ich richtig informiert bin.«

»Er hat sein Handy abgeschaltet, sagt sie.«

»Ist doch normal, wenn man sich in einem Krankenhaus aufhält.«

»Ja, aber inzwischen ist es 14 Uhr durch, und zu Hause wartet sein Leibgericht auf ihn: Saure Zipfel.«

»Die würde er sich nie im Leben entgehen lassen.«

»Eben. Deswegen ist Doris so besorgt.«

»Also? Was sollen wir tun?«

»Nach dem Rechten schauen.«

»Wenn es sein muss. Aber erst nach meiner Schlagzeilenkonferenz. Wenn ich da fehle, bekomme ich richtig Ärger.«

29

Kellers Gefühl hatte nicht getrogen: In seinem Gegenüber ging eine Veränderung vor. Noch ehe Keller den eigentlichen Grund seines Besuches dargelegt und den Namen des Ärztlichen Direktors unausgesprochen gelassen hatte, vollzog Dr. Bartels eine eigentümliche Verwandlung vom souveränen, leicht versnobten Klinikchirurgen in einen äußerst argwöhnisch erscheinenden Mann, der auf der Lauer zu liegen schien. Jederzeit bereit zum Angriff, das jedenfalls verriet seine Körperhaltung. Da stimmte etwas nicht – Keller musste unverzüglich herausfinden, was.

»Wie gesagt«, wiederholte sich Keller, dem die seltsame Metamorphose des Doktors absolut nicht behagte, »sind wir bis zum Tod von Krankenschwester Anne noch davon ausgegangen, dass Wollschläger verantwortlich für die Taten war. Doch die Ermordung ihres Freundes Rolf erforderte ein völliges Umdenken. Kurz und gut: Wir vermuten den wahren Täter mittlerweile in Kreisen des Klinikpersonals, und ich spreche hier nicht von den sogenannten kleinen Leute, Pflegekräften und Aushilfen.«

»Wenn Sie den Täter unter uns Ärzten vermuten, ist es sehr mutig von Ihnen, allein zu kommen, Herr Kommissar«, sagte Bartels und klang auffällig kurzatmig.

Keller schloss daraus auf Bartels beschleunigten Puls und fragte sich, womit er den Arzt so sehr in Bedrängnis gebracht hatte. »Ex-Kommissar«, stellte er nochmals klar und musterte Bartels mit Argwohn.

»Dann ist es umso mutiger, geradezu tollkühn, denn Sie mussten Ihre Dienstwaffe bei der Pensionierung sicherlich abgeben.«

»Herr Dr. Bartels«, sagte Keller mit energisch kernigem Unterton. »Sie müssen mir von Rechts wegen keine Fragen beantworten. Ich will Sie nicht bedrängen und kann nur an Ihre Kooperationsbereitschaft appellieren, mir einige Auskünfte zu geben. Mir ist es ein persönliches Anliegen, meinen letzten Fall abschließen zu …« Keller unterbrach sich selbst mitten im Satz, als er Bartels dabei beobachtete, wie er einen größeren Gegenstand unter seinem Arztkittel hervorzog. Eine Pistole.

Jasmin Stahl stieß sich mit beiden Händen von der Kante ihrer Schreibtischplatte ab und ließ sich mit ihrem Drehstuhl zurückrollen. Das, was sie soeben auf dem Bildschirm ihres PCs gelesen hatte, raubte ihr beinahe den Verstand.

Sie hatte den Polizeicomputer mehr oder weniger aufs Geratewohl mit Informationen gefüttert, die ihr im Zusammenhang mit der Mordserie eingefallen waren, jeweils verknüpft mit den Zusätzen ›Klinik‹, ›Arzt‹ und einigen weiteren, ähnlichen Suchworten. Sie stieß dabei auf zahlreiche Einträge, keiner jedoch wies einen Nürnberger Bezug auf. Stattdessen aber lieferte ihr der Computer einen dezidierten Bericht über einen Schwindler, der sich Ende der 90er-Jahre als falscher Arzt in ein Thüringer Krankenhaus eingeschlichen hatte.

Jasmin konnte kaum glauben, was sie las: Der betrügerische Doktor, damals gerade 29 Jahre jung, behandelte und operierte, wurde gefördert und hofiert. Kein Wunder, hatte er bei seiner Einstellung doch ein Abiturzeugnis mit der Traumnote 1,1, eine Promotionsurkunde zum Doktor der Medizin der renommierten Universität von Oxford, eine Approbationsurkunde und obendrein einen zweiten Doktortitel der Wirtschaftswissenschaftlichen Fakultät der Uni Frankfurt vorzuweisen – sämtliche Dokumente waren von dem mittelmäßig begabten Realschüler und abgebrochenen Bankkaufmann gefälscht worden, doch das fiel lange Zeit niemandem auf. Seine Krankenhauskarriere begann er als Assistenzarzt. Über zwei Jahre dauerte sein persönlicher Wahnsinn in Weiß, bis er nach einer missglückten Operation aufflog und suspendiert wurde. Einem Betrugsprozess entging er nur knapp durch Flucht.

Der Fall war spektakulär, aber er hätte Jasmin Stahl in ihrer augenblicklichen Lage nicht sonderlich interessiert, wenn da nicht auch ein Bild des falschen Doktors auf ihrem Monitor erschienen wäre. Eine frühe Aufnahme, ein Schnappschuss noch dazu. Aber die Qualität der Aufnahme reichte aus, um die Ähnlichkeit zu erkennen.

Jasmin atmete stoßartig ein und sogleich wieder aus. Dieser Mann war niemand anderes als Dr. Steffen Bartels, Chirurg am Nürnberger Südklinikum!

Fieberhaft scrollte sie sich durch die ergiebigen Textquellen und sog Informationsfetzen auf, die ihr wichtig erschienen.

Das Urteil eines Professors für differenzielle Psychologie und Diagnostik: Bei Hochstapeleien spielen häufig Persönlichkeitsstörungen eine Rolle. Menschen, die daran leiden, sind insensitiv gegenüber Belange anderer. Gefahren und Risiken für andere spielen für sie keine Rolle.

Die Meinung des Leiters der Chirurgischen Klinik seines früheren Arbeitgebers: Für mich ist er ein krankhafter Hochstapler. Er ist hochgradig pathologisch und hat möglicherweise eine enorme kriminelle Energie.

Die Aussage eines früheren Kollegen: Er kam im Sportwagen und Ralph-Lauren-Hemden, versuchte, die Frauen zu beeindrucken. Er war sehr zielstrebig. Er wird es wieder tun.

Abermals nahm sie Abstand von Bildschirm und Tastatur, ging kurz in sich. Dann griff sie zum Telefonhörer.

»Hallo, Einsatzzentrale? Hier ist das K11. Veranlassen Sie einen Zugriff.« Sie nannte Art und Ort des Einsatzes.

Jetzt war ihm alles klar: Indem er darauf angespielt hatte, einen Verdacht gegen einen leitenden Arzt zu hegen, hatte er Bartels – ohne es gewollt zu haben – aus der Reserve gelockt. Denn nicht Prof. Dr. Hancke, wie zuletzt vermutet, steckte hinter dem Blutvergießen der letzten Tagen, sondern der scheinbar so vertrauensvolle und durch und durch ehrbare Dr. Bartels! Keller schlug das Herz bis zum Hals, aber er durfte sich seine innere Panik nicht anmerken lassen.

»Eine gut gepflegte Waffe«, sagte er und zwang sich, ruhig und besonnen zu bleiben. Seine Lage wurde zumindest etwas erleichtert durch die Tatsache, dass Bartels die Pistole nicht gegen ihn richtete, sondern sie auf der ausgebreiteten Hand ruhen ließ. »Eine Walther, richtig?«

»Ja, eine P99«, sagte Bartels und klang unbeteiligt. »Die Waffe arbeitet nach dem Browning-System und hat eine Schiene für optische Zielhilfen auf dem Schaft. Man kann auch einen Schalldämpfer montieren. Aber den werden wir nicht brauchen. Es ist ja niemand anderes hier draußen bei der Kälte.«

Keller schluckte schwer. »Dr. Bartels«, sagte er mühsam, denn eine lähmende Angst wollte von ihm Besitz ergreifen. »Ich habe keinerlei Vorstellung davon, wie Ihre Rolle in diesem Fall aussieht. Ich kann lediglich vermuten, dass es sich bei dieser Pistole um die Waffe handelt, mit der Rolf erschossen wurde. Das Kaliber ist jedenfalls das gleiche.«

Bartels nickte mit unbewegter Miene. »Es ist dieselbe Waffe, ja. Ich habe sie mir schon vor vielen Jahren besorgt. In unsicheren Zeiten, in denen ich ständig auf der Hut sein musste. In ewiger Sorge, erwischt zu werden.«

»Erwischt? Von wem? Von der Polizei?«, fragte Keller, der nicht wusste, wie er sich der indifferenten Bedrohung durch Bartels entziehen sollte.

»Ja. Ich musste untertauchen, mir eine neue Identität aufbauen. Das war schwierig, mühsam, kräftezehrend. Doch ich habe es geschafft. Noch einmal geschafft!« Er zeigte ein siegesgewisses Lächeln, das gleich darauf gefror. »Wussten Sie, dass ich auf dem besten Weg war, zum Chefarzt aufzusteigen?«

»Wie schnell können wir vor Ort sein?«, herrschte Jasmin Stahl den Einsatzleiter, einen kompakten Mann von Mitte 50, an.

Der schob den Ärmel seiner olivgrünen Jacke zurück, warf einen kurzen Blick auf seine Armbanduhr und sagte: »Bei der Wetterlage und dem Verkehr: Minimum 20 Minuten.«

»Das ist zu langsam!«, keifte die Kommissarin und kam sich dabei selbst hysterisch vor. Aber sie konnte nicht anders, wähnte sie doch Menschenleben in Gefahr, sollte sie den falschen Doktor und mutmaßlichen Mörder nicht rechtzeitig stoppen.

»Zwei Streifen, die in der Nähe sind, könnten vor uns am Ziel sein«, meinte der Einsatzleiter, ein von Erfahrung strotzender Mann, seelenruhig.

»Ich kümmere mich drum«, sagte Jasmin hektisch. »Rücken Sie aus! Dalli!«

Es wurmte sie, dass ihr Chef und ebenso sie selbst so viel Zeit damit vergeudet hatten, einer oder sogar mehreren falschen Spuren hinterher zu jagen, während der Täter unbehelligt weiter agieren konnte. Jasmin Stahl musste sich ernsthafte Sorgen darüber machen, ob sich Bartels inzwischen nicht bereits sein nächstes Opfer gesucht hatte. Jemanden, der ihm ebenfalls gefährlich werden konnte und deshalb aus dem Weg geräumt werden musste. Jemanden wie ihren Ex-Chef Keller. Bei diesem Gedanken lief ihr eine Gänsehaut den Rücken herunter.

Bartels legte die schwarze, martialisch wirkende Waffe von der rechten in die linke Hand. Noch immer machte er keine Anstalten, sie auf Keller zu richten. Doch das brauchte er gar nicht, denn die Pistole verfehlte auch so nicht ihre Wirkung. Sie stellte ein Symbol des Todes dar, selbst wenn ihre Mündung nicht auf das potenzielle Opfer zeigte.

»Nun gut«, sagte Keller mit trockener Kehle. »Erzählen Sie mir Ihre Geschichte. Warum haben Sie all diese Menschen ermordet?« Diese Frage stellte er, um Zeit zu gewinnen. Aber das war nicht der einzige Grund: Er war beherrscht von der Neugierde auf die Gründe, die den oberflächlich so jovial und erfolgsverwöhnt wirkenden Chirurgen Bartels in eine brutale Bestie verwandeln konnten. Weshalb hatte Bartels seinen Kollegen Dr. Beierlein, Schwester Anne und ihren Freund umgebracht? Und vielleicht auch … – Bei dieser Vorstellung stockte ihm erneut der Atem. Vielleicht auch die Krankenschwester, deren Tod bislang dem Konto Wollschlägers angerechnet worden war. Keller rief sich seine Erinnerungen an die Minuten unmittelbar nach Wollschlägers Amoklauf ins Gedächtnis: Bartels hatte an jenem Tag die Erstversorgung der mit Messerstichen verletzten Schwester übernommen. Hatte ihm dies bloß als Vorwand dafür gedient, der armen Frau unentdeckt den Garaus zu machen?

»Ich wollte nicht ein zweites Mal auffliegen«, erklärte sich Bartels und kam damit Kellers Aufforderung nach. »Die sollten mir meine Existenz nicht noch einmal kaputtmachen.«

»Ihre Existenz?«, fragte Keller. »Wer hat Sie denn in Ihrer Existenz bedroht?«

»Sie wurden immer misstrauischer«, sagte Bartels nach wie vor teilnahmslos, beinahe apathisch.

»Wer? Von wem sprechen Sie?«, fragte Keller und blickte besorgt auf die Waffe. Er könnte sie dem anderen mit einer schnellen Bewegung aus der Hand schlagen. Aber was, wenn es schiefging? Würde Bartels dann ernst machen und auf ihn schießen?

»Meine werten Kollegen. Es sind Gerüchte herumgegangen. Beierlein, der linke Hund, war die treibende Kraft. Er hat mir nie meinen Erfolg gegönnt.«

»Was für Gerüchte? Was konnte man Ihnen anhaben? Sie sind ein anerkannter Mediziner.«

Bartels lächelte schief. »Ja, bin ein glänzender Operateur. Besser als viele andere. Ich habe keine Fehler gemacht. Bis auf diesen einen.«

»Sie sprechen vom Tod von Wollschlägers Tochter Isabelle?«

Bartels nickte verhalten. »Ja. Ein Kunstfehler. Hätte jedem anderen genauso passieren können.« Er nagte an seiner Lippe. »Von diesem Tag an stand ich unter Beobachtung. Beierlein ließ mich nicht mehr aus den

Augen. Was für ihn als Anästhesist nicht schwierig war: Er konnte mir bei den OPs ja immer auf die Finger schauen. Da muss es ihm dann eines Tages aufgefallen sein.«

»Was ist ihm aufgefallen?« Keller bemerkte, dass Bartels dermaßen von dem Thema ergriffen war, dass seine Konzentration nachließ und er der Pistole auf seiner Handfläche kaum noch Beachtung schenkte. Keller machte sich bereit.

»Dass ich nicht stur nach der Schulmedizin gearbeitet habe. Nicht so, wie man es auf der Uni lernt.«

»Wollen Sie damit andeuten, dass mit Ihrer Ausbildung etwas nicht stimmt?«, fragte Keller, aufs Äußerste angespannt.

»Ins Schwarze getroffen, mein lieber Kommissar. Ich bin Autodidakt, wie man so schön sagt. Ich habe mir meine Fachkenntnisse ...«

Weiter kam er nicht, denn in diesem Augenblick preschte Keller mit einem Schrei auf ihn zu, schlug ihm mit der Faust gegen das Armgelenk. Die Pistole flog im hohen Bogen in den Schnee.

Sofort änderte Keller seine Haltung, um das Überraschungsmoment auszunutzen. Mit wenigen schnellen Schritten hatte er die Stelle erreicht, wo die Waffe ein Loch in den Schnee gerissen hatte. Er bückte sich danach – und spürte einen stechenden Schmerz in seinem Rücken. Oh nein, dachte er panisch, jetzt bitte keinen Hexenschuss!

Doch sein Kreuz sandte unmissverständliche Signale in sein Gehirn, er war kaum mehr imstande, sich aufzurichten. Im Nu stand Bartels an seiner Seite, griff nach der Pistole, richtete die Mündung auf Kellers Brustkorb.

Sein Blick war eiskalt, als er spöttisch fragte: »Benötigen Sie ärztliche Hilfe?«

30

»Das will ich genauer wissen«, bellte Hauptkommissar Winfried Schnelleisen durch den Hörer. Er war übelster Laune, da er gerade eine peinliche Schlappe bei der Befragung des Ärztlichen Direktors Prof. Dr. Hancke in dessen Privatvilla hatte einstecken müssen. »Dieser Chirurg Bartels soll ein falscher Doktor sein? Einer mit getürkten Dokumenten? Ist das nicht wieder bloß ein Griff ins Klo, um es mal salopp auszudrücken? Noch einmal lass ich mich heute nämlich nicht zum Affen machen!«

»Ja, ich bin ganz sicher«, redete Jasmin Stahl in ihr Handy. Sie saß bereits wieder in einem Polizeiwagen, jetzt auf dem direkten Weg ins Südklinikum.

»Aber wenn ich das in den Akten richtig gelesen habe, ist Bartels doch ein alter Hase und schon seit fast sechs Jahren am Klinikum beschäftigt. Da hätte doch jemandem was auffallen müssen. Wenn er nicht studiert hat, wie kann er dann operieren?«

Jasmin wühlte in den Computerausdrucken, die sie sich aus dem Büro mitgenommen hatte. »Fernsehen, Bücher, Internet, wir können bislang nur mutmaßen. Fest steht lediglich, dass er eine Weile als Sani gearbeitet hat und Krankentransporte begleitete. Dabei hat er wohl einiges aufgeschnappt.« Sie suchte die Stellungnahme eines seinerzeit befragten Chirurgen heraus und zitierte: »Das nötige Handwerkszeug kann man sich auch außerhalb des Universitätsbetriebs aneignen. Man fängt nach dem Studium ja sowieso bei null an, so ist die Ausbildung aufgebaut. Jeder einigermaßen Begabte lernt innerhalb von drei Jahren Praxis alles, was in der Chirurgie nötig ist.«

»Unglaublich«, meinte Schnelleisen.

»Dass über einen so langen Zeitraum hinweg sämtliche internen Kontrollmechanismen versagt haben, lag wohl hauptsächlich an Bartels überzeugendem und einnehmendem Wesen. Er überspielte sein Halbwissen mit seiner selbstbewussten und souveränen Art, so lauten jedenfalls die Aussagen der Befragten nach seinem ersten Gastspiel als falscher Doktor in Thüringen. Bartels, der sich beim ersten Mal übrigens Dr. Klaus nannte, erschien mit blütenweißem Kittel auf der Station, seine Stifte akkurat in der Brusttasche angeordnet. Er hinterließ einen freundlichen und aktiven Eindruck und zeigte im Smalltalk mit den Kollegen medizinischen Sachverstand. Er kannte alle seine Patienten beim Namen und spielte mit einigen nach Feierabend Karten. Kurzum: Er war beliebt.«

»Trotzdem.« Schnelleisen schien noch immer nicht überzeugt zu sein. »Machen Sie im Klinikum ja kein Fass auf. Bloß kein Zugriff im üblichen Format! Wir rücken ohne Blaulicht an.«

»Aber …« Jasmin Stahl verschlug es die Sprache. »Aber es ist schon alles am Laufen. Die Kollegen sind unterwegs. Und ich im Übrigen auch.«

»Dann hauen Sie die Bremse rein! Sofort! Ich möchte im Klinikum nur einen kleinen Trupp haben. Sie werden sich höflich bis zu Bartels durchfragen und ihn freundlich bitten, Sie für ein Gespräch ins Präsidium zu begleiten.«

»Aber …«

»Kein weiteres Aber!«, bestimmte Schnelleisen. »Meine Anordnungen sind ohne jede Einschränkung zu befolgen.« Er brach die Verbindung ab.

Jasmin Stahl kam der Anweisung ihres Chefs wider besseren Wissens nach und gab einen Funkspruch durch. Auch das Martinshorn des Wagens, in dem sie selbst mitfuhr, wurde abgeschaltet. Die Folge ließ sich absehen. Schon bald würden sie im dichten Nachmittagsverkehr stecken bleiben. Auf nicht mal halber Strecke zum Klinikum.

Wie auf heißen Kohlen saß Jochen am ovalen Tisch im Obergeschoss des Redaktionsgebäudes und lauschte einem nicht enden wollenden Monolog des Chefredakteurs. Mit der heutigen Themenauswahl der Lokalredaktion war der akkurat gescheitelte und mit markanter Hornbrille ausgestattete Zeitungsboss alles andere als zufrieden und forderte von Jochen und seinem Kollegen Nachbesserungen.

Jochen spürte den Vibrationsalarm seines Handys. Eine SMS-Eingangsbestätigung. Er hielt das Phone unter der Tischplatte und las die Nachricht:

›Habe gerade einen Hund auf den Tisch bekommen. Angefahren. Kann jetzt nicht weg. Suchst du Konrad allein?‹

»Verflixt!«, fluchte Jochen leise. Eine ähnliche Bitte wollte er gerade an seinen Bruder schicken, denn auch er konnte sich angesichts der Zornesröte im Gesicht seines Chefredakteurs unmöglich so bald aus dem Staub machen.

Unter dem Vorwand, kurz aufs Klo zu gehen, schlich sich Jochen aus dem Konferenzraum, um seiner Mutter Bescheid zu geben. Er musste ihr sagen, dass sie diesmal nicht auf ihre Söhne zählen konnte, aber sich sicher sei, dass Konrad sich schon bald bei ihr melden werde.

Er ließ das Telefon lange läuten. Doch Doris nahm nicht ab. Nachdenklich sah er auf das Display seines Handys. Dann wählte er die Nummer von Burkhards Tierarztpraxis.

»Gib dem Hund ein Schmerzmittel und schwing dich in dein Auto.« Jochens Tonfall ließ keinen Widerspruch zu. »Ich habe ein ganz schlechtes Gefühl. Wir treffen uns im Südklinikum. So schnell es geht!«

Jasmin kauerte auf der Rückbank des Streifenwagens und nagte an den Fingernägeln. Sie steckte in der schlimmsten Krise, die sie in dem Job jemals hatte durchstehen müssen. Sie kam mit Schnelleisens Entscheidung nicht klar. Alles in ihr sträubte sich dagegen, ihrem Vorgesetzten zu folgen. Doch sie war ihm dienstrechtlich unterstellt und durfte sich nicht offen gegen ihn auflehnen. Andernfalls würde ein Disziplinarverfahren auf sie zukommen, womöglich sogar eine Rückstufung. Das konnte sie sich nicht leisten; weder in Hinblick auf ihre weitere berufliche Laufbahn, noch wegen des Geldes, das sie brauchte.

Ihr verlangte es danach, sich auszusprechen und Dampf abzulassen. Sie sehnte sich nach einem einfühlsamen Gesprächspartner, der ihr Trost spenden und Zuversicht vermitteln konnte. Am liebsten hätte sie den Polizeiwagen rechts ranfahren lassen und wäre ausgestiegen. Dann hätte sie sich ein Taxi geschnappt und wäre auf dem schnellsten Weg zum Weinmarkt gefahren. Dort wohnte Paul, ein Kurzzeitliebhaber und seitdem guter Freund von ihr. Paul hatte immer ein offenes Ohr für ihre Sorgen und Nöte. Er würde ihr jetzt guttun.

Aber Jasmin ließ den Wagen nicht stoppen. Sie beobachtete den stockenden Verkehr vor ihnen, tippte dem Fahrer auf die Schulter und sagte: »Scheißegal, was der Chef sagt. Schalten Sie das Blaulicht wieder ein. Ich nehme das auf meine Kappe.«

31

Keller sah dem Tod ins Auge. Seltsame Gedanken gingen ihm durch den Kopf. Etwa der, dass es für ihn als leidenschaftlicher Polizist nach einem pflichterfüllten Leben ein angemessenes Ende bedeuten würde, sozusagen im Dienst zu sterben. Es würde sich ein Kreis schließen, und er könnte mit der Gewissheit aus dem Leben scheiden, dass er seinen Teil zur Bekämpfung des Verbrechens bis zuletzt geleistet hätte. Sein Einsatz wäre nicht umsonst gewesen, selbst wenn ein endgültiger Sieg über das Böse niemals gelingen würde. Denn das Verbrechen ähnelte dem Haupt der Medusa. Sobald man einen der vielen Schlangenköpfe abschlug, wuchsen zwei neue nach. Aber es brauchte Menschen wie ihn, die diese Aufgabe übernahmen. Keller hatte in seinen vielen Jahren als Kriminalbeamter viele Schlangenköpfe abgeschlagen und durfte zuversichtlich sein, dass er mit jungen Kräften vom Schlage einer Jasmin Stahl würdige Nachfolger gefunden hatte, die den Kampf gegen das Böse fortsetzten.

In gewisser Weise wähnte sich Keller bereit dazu, die Entscheidung des Schicksals zu akzeptieren und loszulassen.

Doch ein anderer Teil von Kellers Seele stemmte sich mit aller Macht gegen diesen Anflug von Fatalismus. Keller, der Familienmensch, war nicht gewillt zu sterben! Nicht jetzt und auch noch nicht in den nächsten Jahren! Konrad Keller wollte das Leben als Rentner genießen, noch viel gemeinsame Zeit mit seiner Frau nachholen, er wollte für seine Kinder da sein und den Enkelinnen beim Wachsen zusehen. Keller hatte viel vor. Und er wurde gebraucht: als Ehemann, Vater und Opa.

Bartels hielt die Pistole in der ruhigen Hand eines Chirurgen und zielte auf Kellers Herz. Ein metallisches Klicken verriet, dass er die Waffe entriegelte und den Lauf der Walther P99 durchlud.

Keller schluckte schwer. In der vagen Hoffnung, dass sich ein nikotinsüchtiger Patient trotz der Kälte auf die Terrasse verirren und sie sehen würde, blickte er sich um. Doch sie blieben allein und befanden sich außer Sichtweite des zuführenden Ganges.

Keller musste sich wohl oder übel entscheiden, ob er mit einem Gefühl der Zufriedenheit und Ausgeglichenheit aus dem Leben scheiden wollte oder mit der brennenden Sorge, das Wichtigste verpasst zu haben.

Bartels verschaffte ihm Bedenkzeit, indem er redete, statt zu schießen. Er wollte, dass Keller ihm weiter zuhörte, bevor er ihm das Leben nahm: »Als Wollschläger, dieser arme Idiot, seinen völlig laienhaften Rachefeldzug gegen uns startete und schon im Ansatz scheiterte, sah ich meine Chance gekommen, um mein Auffliegen zu verhindern. Mit einem Schlag hatte ich die Möglichkeit, all diejenigen aus dem Weg zu räumen, die einen Verdacht gegen mich hegten. Und das Beste war: Ich konnte die Schuld dafür einem anderen in die Schuhe schieben, der noch dazu bereit war, diese Schuld für mich zu tragen.«

»Sie haben also den Narkoseapparat und die Autobremsen manipuliert«, sprach Keller aus, was er längst ahnte.

»Ja. Den Anfang hat aber Schwester Ingeborg gemacht. Wollschläger hatte wohl Skrupel beim Zustechen mit seinem Messer. Ingeborg hätte die Messerattacke ohne Weiteres überlebt.«

Keller sah Bartels fassungslos an, als er seine Vermutung bestätigt fand: »Sie haben sie umgebracht, als Sie vorgaben, Erste Hilfe zu leisten?«

»Nicht ganz, denn gestorben ist sie ja erst später. Ich habe lediglich nachgebessert und dafür gesorgt, dass die Verletzungen ganz sicher letal sein würden.«

»Sie sind ein kaltblütiger Mörder«, sagte Keller voller Abscheu.

»Nur aus der Not heraus. Reiner Selbstschutz.«

»Diente es auch dem Selbstschutz, Anne und Rolf zu ermorden?«

»Die beiden standen eigentlich gar nicht auf meinem Plan. Sie fingen eines der Gerüchte ab, die über mich kursierten und stellten ihre eigenen Nachforschungen an. Im Internet fanden sie ein Bild von mir aus früheren Zeiten in Thüringen und zählten eins und eins zusammen. Die beiden haben mich erpresst. Wollten mich ausquetschen wie eine Zitrone. Sie waren Verbrecher und haben ihr Ende verdient.«

»Ein solches Urteil hätten Sie den Gerichten überlassen müssen.«

»Meine Methode ist sicherer.«

»Methode …« Keller fragte freiheraus, weshalb Bartels seine Methode am Ende radikal geändert hatte: »Erst die clever vorbereiteten Unfälle, die uns erfolgreich auf die falsche Fährte lenkten, und am Schluss eine Hinrichtung durch Kopfschuss. Warum?«

Bartels schien mit sich zu hadern. »Mir lief die Zeit davon. Die Polizei war Rolf auf den Fersen. So dumm, wie er sich anstellte, hätten Ihre früheren Kollegen ihn sehr schnell gefasst. Auch Ihnen und Ihrer Privatarmee ist er ja nur knapp durch die Lappen gegangen. Ich habe das beobachtet. Also musste ich handeln.« Er hob die Pistole an und ahmte das Geräusch eines Schusses nach. »Peng!« Er lachte, als er sah, wie Keller erschrak. »Heute bin ich noch einmal arbeiten gegangen, um den Schein zu waren und nicht die Pferde scheu zu machen. Morgen früh mache ich die Fliege. Ich habe schon die Tickets besorgt. Über Frankfurt nach Rio, übermorgen liege ich am Strand der Copacabana.«

»Das können Sie vergessen!« Keller war dermaßen entrüstet über diese Dreistigkeit, dass sein Kampfgeist zurückkehrte. »Sie dürfen nicht ausreisen. Sie stehen auf der Fahndungsliste!«

»Noch nicht«, gab sich Bartels überheblich. »Bis ich ins Visier der Ermittler gerate, bin ich längst raus aus dem Zugriffsbereich der deutschen Polizei und Interpol.« Er lachte erneut. »Und glauben Sie nicht, dass Sie mich verraten können. Dieses Risiko werde ich ganz bestimmt nicht eingehen.«

Mit diesen Worten setzte Bartels die Pistole direkt auf Kellers Brust. Im nächsten Moment zerriss ein Schuss die eisige Stille auf der Aussichtsterrasse.

32

Der Schuss war selbst durch die schallisolierten Scheiben des Obergeschosses zu hören und zog die Aufmerksamkeit der Patienten auf sich.

Burkhard und Jochen trafen nahezu gleichzeitig mit Jasmin Stahl und einer Handvoll Polizisten im Klinikum ein. Schnell wurde ihnen der Weg hinauf auf die Aussichtsplattform gewiesen, wo sich bereits eine Traube von Menschen versammelt hatte und sich mehrere in Weiß gewandete Männer und Frauen über eine gekrümmt auf dem Boden liegende Person beugten.

Jasmin Stahl hatte ihre Dienstwaffe gezogen, sondierte die Umgebung. Die uniformierten Kollegen taten es ihr gleich, schlichen langsam vorwärts, alle in geduckter Haltung. Mit einem kurzen Blick zurück und einem Wink gab sie Jochen und Burkhard zu verstehen, sich im Hintergrund zu halten.

Burkhard kam dieser Aufforderung nach, nicht aber Jochen. Als er seinen Vater sah, der ebenfalls neben dem am Boden Liegenden kniete, gab es für ihn kein Halten mehr. Er stürmte an den Polizisten und an Jasmin vorbei, lief quer durch einen mit Schnee bedeckten Blumenkübel und rief: »Konrad! Ist alles okay mit dir? Bist du unverletzt?«

Erst als er sein Ziel fast erreicht hatte, registrierte er eine weitere Person, die in etwa sieben Metern Abstand von ihm stand und im Dämmerlicht kaum zu erkennen war. Diese Person hielt ein Gewehr in der Hand. Jochen erstarrte mitten in der Bewegung.

»Zurück, zurück!«, rief ihm Jasmin zu.

»Lassen Sie die Waffe fallen!«, dröhnte nahezu gleichzeitig ein Polizist durch ein Megafon.

Jochen, vom Schreck wie gelähmt, war nicht imstande, Jasmins Aufforderung nachzukommen. Stattdessen starrte er gebannt auf die silhouettenhafte Erscheinung, deren Gewehrlauf in seine Richtung zeigte.

»Was, um Himmels willen, soll das?«, stammelte er entsetzt. Er hörte, wie die Polizisten um ihn herum ihre Waffen entsicherten. Wenn es zu einer Schießerei käme, stände er im Kreuzfeuer!

Doch es fiel kein weiterer Schuss. Binnen Sekunden, die Jochen wie zähe Minuten vorkamen, senkte die schemenhafte Figur das Gewehr und trat aus dem Schatten.

Jochen war ebenso erstaunt wie Burkhard und auch Jasmin Stahl, als sie in dem Schützen niemanden anderes als Doris Keller erkannten.

Die Versorgung hätte nicht besser sein können: Während Dr. Bartels auf eine Trage gelegt und auf kürzestem Weg in den OP gebracht wurde, erhielten Keller, seine Frau und beide Söhne wärmende Decken und Tee, so viel sie wollten. Eifrige Mediziner maßen den Blutdruck und boten Medikamente an, die den Schock des gerade Erlebten lindern sollten.

Die Kellers, die zusammen mit Jasmin Stahl in der Teeküche der chirurgischen Abteilung eine vorläufige Ruheoase fanden, lehnten dankend ab. Sie wollten zuerst nur eines: Reden!

»Du hast mir das Leben gerettet, Doris.« Konrad Keller sah seine Frau mit Augen an, die als frisch Verliebter nicht mehr geglänzt haben konnten. »Aber dieses Gewehr ...«

»Das Kleinkalibrige aus dem Schützenverein«, bestätigte Doris seine Vermutung. »Eigentlich hätte es wie jede andere Waffe aus unserem Haushalt verdammt werden sollen. Aber ich konnte mich einfach nicht dazu durchringen.«

»Gott sei Dank, kann man da wohl nur sagen«, meinte Burkhard und wischte sich einige Schweißperlen von der Stirn. »Mit euch als Familie wird es nicht langweilig.«

Doris sah ihren Sohn an und kniff die Augen zusammen, als sie verkündete: »Doch, ab sofort wird es sogar stinklangweilig. Denn dies war Konrads letzter Fall. Ab jetzt gilt der Ruhestand. Und *Ruhe* nehme ich wörtlich!«

»Vorher gibt es aber noch einige Formalitäten zu erledigen«, wandte Jasmin leise ein. Ihr fiel es schwer, den Familienfrieden zu stören.

»Meine Frau hat aus Notwehr gehandelt«, sagte Konrad Keller scharf. »Daran besteht wohl kein Zweifel.«

»Ja, ja«, sagte Jasmin Stahl schnell. »Darauf wird es hinauslaufen, ganz klar. Kein Richter wird Ihre Frau dafür belangen, dass sie ...«

»Dann ist es ja gut«, meinte Jochen ebenso streng wie zuvor sein Vater. »Denn andernfalls wäre es ein gefundenes Fressen für die Presse, wenn die Heldin der Stunde, die einen Serientäter zur Strecke gebracht hat, für ihr mutiges Einschreiten juristisch belangt würde.«

»Ich deute ja nur an, dass wir noch den üblichen Papierkrieg vor uns haben«, versuchte Jasmin den geballten Familienzorn abzumildern. »Außerdem sind etliche Fragen offengeblieben.«

33

Inoffiziell wurden diese offengebliebenen Fragen, viele Wochen vor dem Prozess, in der Kellerschen Wohnung in der Martin-Richter-Straße gestellt und – soweit möglich – beantwortet. Zur Frage-Antwort-Runde in entspannter Atmosphäre bei Doris Kellers seit den 70er-Jahren bewährter Erdbeerbowle und Pumpernickelspießchen mit Käsewürfeln und Weintrauben erschien auch Uwe, der eher zufällig vorbeikam, um mit Konrad das weitere Vorgehen bei der Restaurierung des VW-Busses zu diskutieren. Zunächst aber stand die Aufarbeitung des Dramas an, das die Familie Keller gemeinsam gemeistert hatte.

»Mein Leben hing am sprichwörtlichen seidenen Faden«, sagte Konrad Keller und klang philosophisch.

»Schlechter Vergleich«, meinte Jochen. »Du hast es einem schnurlosen Telefon, genau genommen einem Handy, zu verdanken, dass dich Bartels nicht abgeknallt hat. Also nichts mit seidenem Faden.«

Keller schmunzelte. »Du hast recht. Wenn ich mein Handy nicht zu Hause vergessen hätte, hätte die Geschichte einen anderen Verlauf genommen.«

»Kann mich mal jemand aufklären?«, fragte Sophie ungeduldig, weil sie bisher nur die Hälfte der ganzen Angelegenheit kannte.

Doris übernahm den Part, ihre Tochter darüber zu informieren, wie es zum glücklichen Ausgang gekommen war: »Dein Vater hatte ausnahmsweise mal seine Skijacke angezogen, als er mich früh am Morgen sitzen oder eher liegen ließ. Sein Handy, das im Mantel steckte, vergaß er im Eifer des Gefechts. Als ich aufwachte, fiel mir der Mantel sofort auf, ich habe nachgesehen und das Handy herausgenommen, damit ich es Konrad später geben konnte.«

»Als sie losgefahren ist, um Konrad im Klinikum zu suchen, hatte Doris es noch immer einstecken«, setzte Burkhard fort. »Sie war kurz vorm Ziel, als es klingelte.«

»Genau«, bestätigte Doris. »Diese nette Polizistin war dran: Frau Stahl. Sie wunderte sich zunächst, dass nicht Konrad, sondern ich am Apparat war. Dann sagte sie mir, dass sie einen neuen Verdacht habe, aber ihm nicht nachgehen konnte, weil sie im Verkehr feststecke – da wurde ich natürlich hellhörig.«

Sophie sah ihre Mutter ungläubig und bewundernd zugleich an: »Anstatt auf die Polizei zu warten, hast du die Sache selbst in die Hand genommen?«

Doris nickte und wirkte etwas verlegen. »Ich weiß gar nicht, was in mich gefahren war – eigentlich bin ich nicht so draufgängerisch.«

»Aber es lag ja noch das alte Sportgewehr im Kofferraum«, ergänzte Burkhard.

»Das gab wohl den Ausschlag«, erklärte Doris. »Ich war noch nicht dazu gekommen, es beim Waffenhändler abzugeben. Als ich bei der Klinik ankam, habe ich nicht lange überlegt, mir das Gewehr geschnappt und es in meine Jacke gewickelt. Dann habe ich mich bis zur Chirurgie durchgefragt und die Auskunft bekommen, dass sich Dr. Bartels zusammen mit einem Gast auf der Dachterrasse aufhielt. Und den Rest, ja, den kennt ihr.«

»Wohl wahr«, sagte Konrad und drückte seiner Frau einen schmatzenden Kuss auf die Wange, »den Rest kennen wir.«

Sophie, die beim Zuhören der spannenden Schilderungen rote Wangen bekam, zerkaute ihre vierte Weintraube, als sie sich erkundigte: »Ist er denn über den Berg? Kann ihm der Prozess gemacht werden?«

»Bartels?«, fragte Konrad. »Ja, der hat Glück im Unglück gehabt. Doris hat ihm einen schmerzhaften Steckschuss in der linken Schulter verpasst. Der hat ihn umgehauen, aber nicht getötet. Auch der Blutverlust war nicht der Rede wert. Bartels wird bald wieder auf den eigenen Beinen stehen und sich für all das verantworten müssen, was er getan hat. Für seine Betrügereien ebenso wie für die kaltblütigen und hinterhältig geplanten Morde.«

»Und Wollschläger? Was wird aus ihm?« Das Mitleid, das in Sophies Stimme mitschwang, war kaum zu überhören.

»Auch er wird vor Gericht gestellt werden«, ließ Konrad keinen Zweifel aufkommen. »Er hat in der Absicht gehandelt, einen oder mehrere Menschen zu töten. Selbst, wenn es ihm nicht gelungen ist, muss er sich dem Vorwurf des versuchten Totschlages oder sogar des versuchten Mordes stellen.« Weil seine Tochter ihn so traurig ansah, fügte er hinzu. »Der Richter wird Wollschlägers Motive und seine besondere psychische Belastung bei der Berechnung des Strafmaßes berücksichtigen. Außerdem kann er punkten, weil er geständig ist. Ich denke, dass sich das Strafmaß für ihn in Grenzen halten wird.«

»Eine tragische Biografie«, stellte Burkhard nachdenklich fest und klaubte die Käsestückchen vom Teller seiner Schwester, die Sophie verschmäht hatte. »Erst die verpfuschte OP an seiner Tochter, dann dreht seine Frau durch, und am Ende scheitert er kläglich in der Rolle des blutigen Rächers.«

»Noch tragischer finde ich es, dass derjenige, der für Wollschlägers ganzes Unglück verantwortlich gewesen ist, dessen Rachefeldzug für seine eigenen Zwecke missbraucht und instrumentalisiert hat«, sagte Jochen. »Er ist ein mieses Schwein, dieser Bartels!«

»Schultze«, sagte Konrad. Jochen sah ihn fragend an, also erklärte er: »Bartels war nur ein Tarnname, der ihm sein Scheinleben in Nürnberg ermöglichte. Sein wahrer Name lautet Thomas Schultze, ein gebürtiger Westfale übrigens. Er hat ein beachtliches Vorstrafenregister aufzuweisen und begann seine unrühmliche Karriere schon in jungen Jahren als Heiratsschwindler. Erstaunlich, dass er sich nach alldem so lange unerkannt als Chirurg in Nürnberg verdingen konnte.«

»In dieser Rolle bildete er keine Ausnahme«, meinte Burkhard. »Es gab vor ihm falsche Ärzte und wird sie nach ihm geben. Bei uns Veterinärmedizinern sieht es nicht anders aus.«

»Aber bei dir krepiert schlimmstenfalls bloß ein Sittich oder ein Meerschwein«, warf Jochen ein.

Burkhard sah seinen Bruder scheel an. »Der Tod eines Vogels kann ein junges Menschenherz brechen und der Tod eines Hundes den seines betagten Frauchens nach sich ziehen. Das ist nicht zu unterschätzen.«

»Jo, jo!«, schaltete sich Konrad ein. »Bitte keine Aufrechnungen vom Wert des Lebens im Allgemeinen und im Besonderen. Wir wollen uns hier nicht zu Richtern aufspielen.«

»Nein, gewiss nicht«, pflichtete ihm Doris bei und goss allen Bowle nach. »Wir sollten diesen letzten Fall nun endgültig zu den Akten legen und Uwe zu Wort kommen lassen.« Sie blickte den Gast, dessen Lockenkopf heute besonders zerzaust aussah, erwartungsvoll an: »Was gibt's denn neues über unser Wohnmobil? Können Konrad und ich im Frühjahr in den Urlaub starten? Fährt uns der gute alte Bulli über die Alpen nach Bella Italia?«

Uwe erwiderte ihren Blick nur kurz und wandte sich dann Konrad zu: »Deswegen bin ich hier. Du warst die letzten beiden Male in der Werkstatt nicht dabei.«

»Ich konnte nicht, tut mir leid«, meinte Konrad schuldbewusst. »Dieser letzte Fall hat meine ganze Kraft und Zeit aufgefressen.«

»Ja, ich weiß«, sagte Uwe. »Es hätte auch nicht viel gebracht, wenn wir zu zweit weitergemacht hätten. Denn in erster Linie sind es weniger die Kleinigkeiten, die mir Kopfzerbrechen bereiten.«

»Kopfzerbrechen?« Doris wurde hellhörig.

Uwe zog seinen Kopf ein, bevor er erklärte: »Mit ein wenig Freizeitschrauberei ist es nicht getan. Wie es aussieht, brauchen wir ein neues Getriebe.«

»Getriebe?«, fragten alle drei Keller-Männer wie aus einem Mund.

»Für das alte T-Modell?«, hängte Sophie eine Frage hinten an. »Ist das nicht ziemlich schwer zu bekommen und – teuer?«

Konrad und Uwe sahen sich an, blickten in die Runde und nickten einvernehmlich.

»Unter Umständen«, sagte Konrad Keller und griff zärtlich nach der Hand seiner Frau, »müssen wir die

Urlaubsplanung um ein paar Monate verschieben. Vom Frühjahr in den Spätsommer.«

Der Argwohn stand Doris ins Gesicht geschrieben, als sie sagte: »Hoffentlich nutzt du die Galgenfrist nicht dafür, um noch einen letzten Fall zu lösen.«

ENDE

Mein Dank für die Hilfe bei der Recherche gebührt Markus Letterer, für Tipps und Kritik Dr. Uwe Meier, Claudia Senghaas, Sabine Gräwe, meiner Frau Susanna und meinen Eltern!

Jan Beinßen
Todesfrauen
978-3-8392-1196-0

»Ein letztes Mal heißt es mitfiebern mit dem ungleichen Ermittler-Duo – atemlose Spannung garantiert!«

Nürnberg, 1993. Antiquitätenhändlerin Gabriele Doberstein erhält ein vielversprechendes Angebot: Der serbische Taxifahrer Vladi berichtet von einer Gemäldesammlung, die in den Wirren des Jugoslawienkonflikts ihren Besitzer verloren hat und nun wieder auf dem Markt ist. Gabriele wittert ein schnelles und risikoarmes Geschäft. Sie beschließt, Vladis Naivität auszunutzen, sich die wertvollen Bilder anzueignen und ihn mit einem Almosen abzuspeisen. Gabriele und ihre Freundin Sina Rubov müssen für die Übergabe der Gemälde auf den Truppenübungsplatz Grafenwöhr in der Oberpfalz fahren. Viel zu spät bemerken die beiden Frauen, dass sie in eine Falle geraten sind …

Wir machen's spannend

*Jan Beinßen
Goldfrauen
978-3-8392-1097-0*

»Ein hervorragend recherchierter Plot und zwei freche Ermittlerinnen machen ›Goldfrauen‹ zu einem besonderen Lesevergnügen.«

Die Nürnberger Antiquitätenhändlerin Gabriele Doberstein bekommt Besuch von einer Journalistin, die sie für den Stadtanzeiger interviewen will. Doch allem Anschein nach interessiert sich die Frau viel mehr für einen alten Biedermeiersekretär. Ebenso wie ein Geschäftsmann, der ein paar Tage später auftaucht. Als in derselben Nacht in den Laden eingebrochen wird, schwant Gabriele nichts Gutes. Zusammen mit ihrer Freundin Sina nimmt sie den Sekretär genauer unter die Lupe – und wird fündig. Unter einer Schublade entdecken die Frauen einen Umschlag mit geheimen Dokumenten, die in das Berlin der Vorwende-Zeit weisen …

Wir machen's spannend

*Jan Beinßen
Feuerfrauen
978-3-8392-1043-7*

»Ein Thriller, den sich Steven Spielberg ausgedacht haben könnte ...«
Nürnberger Nachrichten

Die Nürnberger Antiquitätenhändlerin Gabriele Doberstein hat sich auf die Beschaffung wertvoller Gemälde spezialisiert, die in der Fachwelt als verschollen gelten. Unterstützt wird sie dabei von ihrer jüngeren Freundin Sina Rubov, einer Studentin der Elektrotechnik.

Nach dem Fall der Mauer ist das ungleiche Duo im Osten unterwegs: Auf der Ostseeinsel Usedom soll sich in einem alten Nazi-Bunker bei Peenemünde eine verborgene Schatzkammer befinden. Doch als die beiden Frauen in das Innere der Festung eindringen, erleben sie eine gefährliche Überraschung ...

Wir machen's spannend

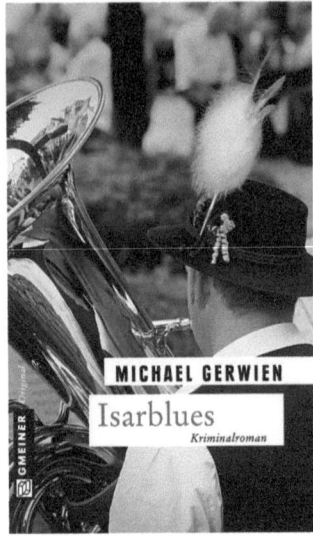

Michael Gerwien
Isarblues
978-3-8392-1307-0

»Spannendes Insiderwissen, authentisch verpackt in bayerischen Dialogwitz mit gekonnt ironischen Untertönen.«

Mitte August. Ganz München stöhnt unter einer unerträglichen Hitzewelle. Nur die schattigen Biergärten können hier noch Abhilfe schaffen. Der Münchner Exkommissar Max Raintaler wird von seinem Freund Heinz Brummer, einem erfolgreichen Schlagerkomponisten, um Hilfe gebeten. Ihm wurden die Rechte an fünf Liedern gestohlen und Max soll sie wieder herbeischaffen. Es geht dabei um Millionen. Max macht sich auf die Suche nach den Tätern. Plötzlich geschieht ein angeblicher Mord … und noch einer.

Wir machen's spannend

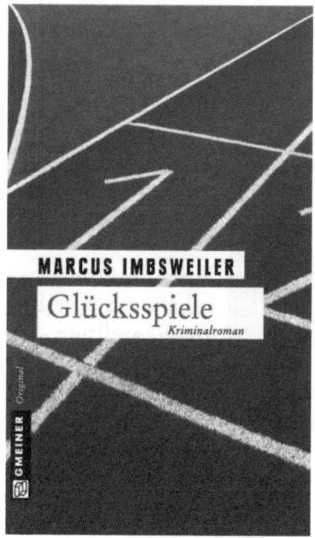

*Marcus Imbsweiler
Glücksspiele
978-3-8392-1311-7*

»Max Koller ist zurück! In einem Fall, der ihn durch die gesamte Republik führt. Spannend, humorvoll und authentisch.«

Olympia wirft seine Schatten voraus. Auch die deutsche Marathonhoffnung Katinka Glück sieht in den Spielen ihren Karrierehöhepunkt. Dann aber legt man der Läuferin anonym einen Startverzicht nahe. Schon bald kommt es zu versteckten Drohungen und Einschüchterungsversuchen. Steckt die Konkurrenz hinter diesen Machenschaften? Privatermittler Max Koller wird zum Schutz der Athletin eingeschaltet. Was für ihn mehr Bewegung bedeutet, als ihm lieb sein kann. Als dann auch noch ein Mord geschieht, kommt es zu einem dramatischen Finish.

Wir machen's spannend

Unsere Lesermagazine
2 x jährlich das Neueste aus der Gmeiner-Bibliothek

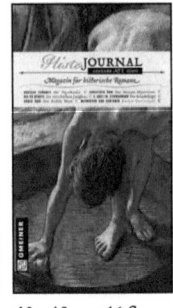

Alle Lesermagazine erhalten Sie in Ihrer Buchhandlung oder unter www.gmeiner-verlag.de.

24 x 35 cm, 32 S., farbig; inkl. Büchermagazin »nicht nur« für Frauen

10 x 18 cm, 16 S., farbig

GmeinerNewsletter
Neues aus der Welt der Gmeiner-Romane

Haben Sie schon unsere GmeinerNewsletter abonniert?

Monatlich erhalten Sie per E-Mail aktuelle Informationen aus der Welt der Krimis, der historischen Romane und der Frauenromane: Buchtipps, Berichte über Autoren und ihre Arbeit, Veranstaltungshinweise, neue Literaturseiten im Internet und interessante Neuigkeiten.

Die Anmeldung zu den GmeinerNewslettern ist ganz einfach. Direkt auf der Homepage des Gmeiner-Verlags (www.gmeiner-verlag.de) finden Sie das entsprechende Anmeldeformular.

Ihre Meinung ist gefragt!
Mitmachen und gewinnen

Wir möchten Ihnen mit unseren Romanen immer beste Unterhaltung bieten. Sie können uns dabei unterstützen, indem Sie uns Ihre Meinung zu den Gmeiner-Romanen sagen! Senden Sie eine E-Mail an gewinnspiel@gmeiner-verlag.de und teilen Sie uns mit, welches Buch Sie gelesen haben und wie es Ihnen gefallen hat. Alle Einsendungen nehmen automatisch am großen Jahresgewinnspiel mit attraktiven Buchpreisen teil.

Wir machen's spannend